語り紡ぐ

絵解きのふるさと 信濃

【台本集】

林　雅彦
小林一郎　中西満義　山下哲郎
編

笠間書院刊

「苅萱道心石童丸御親子御絵伝」を絵解く竹澤繁子氏（平成３年３月９日 於仏教大学四条センター）

「苅萱親子御絵伝」を絵解きする水野善朝師

「枕石山願法寺略縁起絵伝」を絵解きする日野多慶子氏

（平成11年６月19日）〈むれ歴史ふれあい館提供〉

善光寺釈迦堂で同寺蔵「涅槃図」を絵解く小林玲子氏（平成12年3月15日）〈信濃毎日新聞社提供〉

「涅槃図」について解説する林雅彦（平成11年4月17日 於東急シェルシェ）〈山下哲郎撮影〉

「第２回絵解きフェスティバル in 長野」のちらし

目次

III　善光寺如来の絵解き

〈表紙図版〉西光寺蔵「苅萱上人石童丸御親子御絵伝」

絵解きの世界

林　雅　彦

一

「絵解き」と呼ばれる文芸・芸能は、現代の我が国では、もはや風前の灯火《ともしび》と化しつつあるが、(宗教的なものとして) かつて洋の東西で大いに盛んだったことは、衆目の一致するところであろう。

我が国にあっては、鎌倉時代以降、専従の演者によって、一般大衆を対象に、芸能的になった絵解きがなされるようになり、こうした傾向は、近世末期に至るまで続いた。明治初年、廃仏《はいぶつ》毀釈《きしゃく》と呼ばれる仏教破壊運動のために、仏教界は大きな痛手を蒙ったが、大衆相手の絵解きは、かろうじてその命脈を保った。しかし、第二次世界大戦後は、映画の隆盛、さらにはテレビの普及するのに伴って、絵解きも衰退の一途をたどらざるを得なかったのであった。

思うに、絵画と語りとが一体化した絵解きは、長い年月、文字の読めない人々の間にあって、生きることの尊さや善悪の社会的通念など、先人の人生観・世界観を理解し、自らの人生観・世界観を作り出す上で、重要なビジュアル・コミュニケーションの手段・方法であった。

二

宗教的背景を持ったストーリー（物語性）のある絵画を、美術史の領域では「説話画《せつわが》」と言う。その説話画あるいは説話的絵画の内容や思想を当意即妙に説き語る行為を、「絵解き」と称す。又、演者（解説者）を指して「絵解き」と呼ぶ場合もある。

もともとは、寺院や神社の教化・宣伝等々の目的でなされた絵解きであったが、前述のように、鎌倉時代を迎えてから急速に大衆化・芸能化の様相を呈し、娯楽的な要素を含むものも登場してきた。

絵解くという行為には、それ相応の型があるとはいうものの、必ずしもその型に当《あ》て嵌《は》めねばならないわけでもない。言い換えれば、時間（時刻）や場所・機会、視聴者の男女・老若の比率や反応、さらには、演者自身の力量などの条件次第で、臨機応変に、即興的に絵相や台本には出て来ない解説・説明が加えられ、変容するのである。従って、仮りに台本があったとしても、能や歌舞伎と同様に、否、それ以上に最終的には演者の裁量にまかされる部分が少なくないのである。筆者が、絵解きを一回性の文芸・芸能と規定する所以《ゆえん》でもある。そればかりか、絵解きは、絵画による表現と、言語による表現との接点だけに留まらず、音楽的表現との関わりをも持ち合わせていると言えよう。

三

我が国における絵解きの始まりは定かではないが、慶延『醍醐《だいご》寺雑事記《じぞうじき》』に引く重明《しげあきら》親王の日記『李部王記《りほうおうき》』承平元年（九三一）九月三〇日条の記事が、現存最古の文献で、「礼二良房大臣堂仏一観二楹《はしら》絵八相一。寺座主説二其意一」とある。即ち、中務卿《なかつかさ》親王と共に洛南深草の貞観寺（その後廃寺）に赴き、太政大臣堂の柱に描かれた

「釈迦八相図」の絵解きを座主から視聴した、というのである。時代は下って院政期、藤原頼長の漢文日記『台記《たいき》』にも、四天王寺絵堂の壁画「聖徳太子絵伝」を絵解きした旨の記述が見られる。

絵解きに関する文献資料は少ないが、それらによれば、古代における絵解きは、皇室や貴族などごく少数の上層者を対象に、高僧自ら堂塔内の壁画や障屏画《しょうへいが》を説き語るものだったようである。

それが鎌倉時代になると、絵解きの相様は大きく変わり、僧俗の下層専従者も加わって、寺院あるいは神社の内外で多数の人々を相手に説き語るようになったのである。このように、語り手と聞き手の変容は、まさに絵解きそのものの通俗化・芸能化を急速に推し進める現象だったと言ってよかろう。壁画や障屏画の異時同図型式を踏襲した掛幅絵《かけふくえ》が、絵巻と共に多用された時代でもある。それは、携帯に至便であり、一度に大勢の人々が鑑賞し得る形態だったからである。

絵解きの種類（内容）も多彩となったが、前代以来の「釈迦八相図」「聖徳太子絵伝」などの絵解きに加えて、主として浄土宗各派においては「観経（当麻《たいま》）曼荼羅」、真宗寺院では後に「御伝鈔拝読」と呼ばれるようになった「本願寺聖人親鸞伝絵《のしょうにんしんらんでんね》」と中興の祖たる蓮如を描いた「蓮如上人絵伝」、それに宗派を超えて好まれた一光三尊仏の三国―天竺（インド）・百済《くだら》（韓国）・本朝（日本）―伝来を扱った「善光寺如来絵伝」、「地獄絵」や「十王図」等々の絵解きが、盛行を見たのであった。

寺社とは別に、貴族の邸宅内や巷間において絵解きを生業《なりわい》とする者、所謂俗人絵解きも登場してきて、伴奏として琵琶を弾き、非業の死を遂げた英雄譚類を説いた。

そもそも中世は、遊行廻国の芸能者を次々と世に送り出した時代で、絵解き（演者）も又その例外ではなかった。特に注目しておきたいのは、室町後期頃から江戸初期にかけて著しい活躍を見せた、俗に熊野比丘尼《くまのびくに》と称される女性宗教家であり、女性芸能者でもあった人々の存在である。

職掌上、勧進比丘尼・絵解比丘尼と呼ばれた彼女たちは、毎年暮れから正月にかけて熊野の山（那智）に年籠りし、伊勢に詣でた後は、廻国又は特定の場所で熊野《くまの》牛王《ごおう》や護符、災難除けや夫婦和合のお守りと言われる梛《なぎ》の葉を配り、籾《もみ》集めをする折りに、絵解きしたり物語をしたり、簓《ささら》を手に美しい喉《のど》を聞かせたりして、熊野信仰の教化宣揚をはかったのである。なかでも得意な業《わざ》だったのが、女子供を相手に、「地獄極楽図」とか「熊野の絵」と俗称された「熊野観心十界曼荼羅《かんじんじっかいまんだら》」の絵解きだった。しかしながら、やがて彼女らの多数は歌比丘尼あるいは浮世比丘尼と称する、歌と売色を生業とする身になっていった（もちろん、今日の春をひさぐ女性たちとは異なり、そうした行為の背景に、聖なる営みの意識があったのである）。

明治時代以降、他の民間芸能が歩いた道程《みちのり》と同じく、あるいはそれ以上に、絵解きの衰退は著しく、当然のことながら、絵解きに使用された説話画及び台本などの破損・散佚も想像を絶するものであった。このような状況のもとで現在まで生き残った絵解きの大部分は、寺社に関わるものである。

四

我が国の絵解きの場で用いられた説話画を、内容の上から分類してみると、次のような六つに大別することが出来る。

(1)経典類や教説に基づいて描いた説話画

「法華経曼荼羅図（法華経）変」「観経曼荼羅《かんぎょうまんだら》（当麻《たいま》曼荼羅）」「地獄極楽図（地獄変相図・熊野観心十界曼荼羅・熊野の絵）」「十界図」「六道《ろくどう》絵《え》」「往生要集地獄御絵伝」「六道地獄絵（地獄曼陀羅）」「五《ご》趣生死《しゅしょうじ》輪《りん》（六道輪廻図）」「十王図」「二《に》河白道《がびゃくどう》図《ず》」など

(2)釈尊（仏陀）の伝記を描いた説話画

「仏伝図」「釈迦一代記図絵」「釈迦八相図」「八相涅槃図」「涅槃図」など

(3)我が国の祖師・高僧伝を描いた説話画

「聖徳太子絵伝」「弘法大師絵伝」「後深草帝御寄進開山上人一生絵」「法然上人絵伝」「親鸞聖人伝絵（御絵伝）」「蓮如上人絵伝」「枕石山願法寺略縁起絵指絵伝」「一遍上人絵伝」「道元禅師絵伝」など

(4)寺社の縁起・由来・案内を描いた説話画

「立山《たてやま》曼荼羅」「白山《はくさん》曼荼羅」「富士参詣曼荼羅」「多賀社《たがしゃ》参詣曼荼羅」「清水寺参詣曼荼羅」「誓願寺縁起絵」「那智参詣曼荼羅」「紀三井寺参詣曼荼羅」「粉河寺《こかわでら》参詣曼荼羅」「有馬温泉寺縁起絵」「志度寺《しとじ》縁起」「玉垂《たまだれ》宮《のみや》縁起絵」「善光寺参詣曼荼羅」「矢田地蔵《やたじぞう》縁起絵」など

(5)軍記物語に題材を得た英雄の最期などを描いた説話画

「京都六波羅合戦（平治戦乱絵図）」「源義朝公御最期之絵図」「安徳天皇御縁起絵図」「三木合戦図」など

(6)物語・伝説類に題材を得た説話画

「苅萱道心石童丸御親子御絵伝（苅萱親子御絵伝）」「衛門三郎」「小栗判官《おぐりはんがん》一代記」「道成寺縁起」「恋塚寺《こいづかでら》縁起絵」「小野小町九相図《くそうず》」「檀林皇后九相図」「酒呑《しゅてん》童子絵巻」など

それぞれの具体例に関しては、過去に絵解きされたもの、又現在絵解きに供されるもののうち、比較的広く世に知られる説話画を列記しておいた。これらの内、(3)(4)に関わる説話画が多数現存し、しかも種類も数多い。

右に掲げた説話画を形態上から分類するならば、

(a)壁画

(b)障屏画

(c)絵巻

(d)掛幅絵
(e)額絵
の五つに分けられるが、(d)の掛幅絵が圧倒的に多いのである。その理由として、一度に纏《まと》めて多くの人々が観賞出来、全場面の一覧が可能であること、一方、絵解き(演者)の側からすれば、携帯に便利であり、同一場面の重複利用(フィード・バック)が出来ること、などをあげておきたい。

五

かつて絵解きは、日本の至るところで容易に視聴し得る、宗教的色彩の濃厚な芸能のひとつだった。

今日でも、毎年七月下旬の「太子伝会《たいしでん》」に十日間を費やして絵解きする富山県井波町・瑞泉寺(真宗大谷派別院)の「聖徳太子絵伝」(八幅、国の重要美術品)をはじめ、長野市・西光寺の「苅萱道心石童丸御親子御絵伝」(異本二幅)及び「六道地獄絵」(六幅)、同じく長野市・往生寺蔵「苅萱親子御絵伝」(二幅)や長野県牟礼《むれ》村・願法寺蔵「枕石山願法寺略縁起絵伝」(一幅、牟礼村文化財)、愛知県美浜町・野間大坊の「源義朝公御最期之絵図」(二幅)、鈴鹿市・龍光寺蔵「涅槃図」(一幅)、三木市・法界寺蔵「三木合戦図」(三幅)などが、年中行事時又は随時行われている絵解き例の一部である。

絵巻を用いて絵解きする現行唯一の例として、著名な和歌山県川辺町・道成寺蔵「道成寺縁起」(二巻)も、忘れてはならない。

しかし、全国的な視点から見ると、多くの場合、絵解きの古態・伝統を今後も維持し続けるのは、もはや容易なことではないのである。

ただし、三河絵解き研究会の口演活動や、筆者も少なからず関与した長野郷土史研究会小林一郎・玲子夫妻の

「絵解きのワークショップ」のような、絵解きに新たな挑戦を試みる動きも見られることは、まことに喜ばしい限りである。

〔付記〕

紙数の都合上、触れ得なかった点が多々ある。左に掲げる拙著類を参照願えるならば、幸いである。

『日本の絵解き－資料と研究－』（三弥井書店、昭57・2）
『増補　日本の絵解き－資料と研究－』（三弥井書店、昭59・6）
『穢土を厭ひて浄土へ参らむ―仏教文学論』（名著出版、平7・2）
『絵解きの東漸』（笠間書院、平12・3）
『絵解き台本集』（共編、三弥井書店、昭58・12）
『絵画の発見　〈かたち〉を読み解く19章』（共著、平凡社、昭61・5）
『絵解き―資料と研究―』（共編、三弥井書店、平元・7）
『絵解き万華鏡　聖と俗のイマジネーション』（編著、三一書房、平5・7）
『日本における民衆と宗教』（共著、雄山閣、平6・6）
『宗祖高僧絵伝（絵解き）集』（共編、三弥井書店、平8・5）

I

苅萱・石童丸親子の絵解き

苅萱道心石童丸親子の絵解き

林　雅彦

一

ただ今、説きたて広め申し候本地《ほんぢ》は、国を申さば信濃の国、善光寺如来堂の弓手《ゆんで》のわきに、親子地蔵菩薩といははれておはします御本地を、あらあら説きたて広め申すに、由来を詳しく尋ね申すに、これも大筑紫筑前の国、松浦《まつら》党の総領に、重氏殿の御知行《ごちぎょう》は、筑後・筑前・肥後・肥前・大隅・薩摩、六か国が御知行で、

……

中世後期から近世初期にかけて隆盛だった語り物に説経節があるが、右に引いた一節は、五説経のひとつとされる「苅萱《かるかや》」の冒頭部分で、善光寺に関わる親子地蔵の本縁を語る形で、苅萱道心とその子石童丸の父子愛と、出家者としての姿勢とが、哀調を帯びて語られる。

信濃・善光寺の末寺には、この親子地蔵を本尊として祀ると共に、苅萱親子の物語を寺伝縁起とする苅萱山寂照院西光寺・苅萱堂往生寺、という浄土宗の二か寺があり、共に件の「御絵伝《ごえでん》」を乞われれば随時絵解きしている。

二

長野市北石堂町の西光寺には、従来から絵解きされて来た江戸前期の作と思しい見事な「苅萱道心石童丸御親子御絵伝」（紙本、一幅）が伝わっているが、昭和五十八年秋、筆者の寺宝悉皆《しっかい》調査の中で、この「御絵伝」とは全く別種の、江戸中期成立と思われる損傷甚だしい紙本の「御絵伝」（一幅、残欠本）を、本堂裏の一隅で偶然に発見した。直ちに修復に取りかかって、平成元年十二月完成、開眼供養が営まれたのである。

因みに、この別本「御絵伝」一幅は、石童丸の祖父加藤兵衛尉重昌が香椎宮に参詣して申し子を乞い願う場面から始まり、男児（後の左衛門尉重氏、出家して苅萱と名乗る）を授かり、その幼名を石童丸と付ける場面もある。最後は、従来絵解きされてきた江戸前期「御絵伝」冒頭部の、有名な、重氏出家の機縁となった花見の宴が描かれており、都合八場面からなる。

江戸前期の「御絵伝」は勿論のこと、往生寺の「御絵伝」二幅、さらに高野山密厳院苅萱堂の額絵、別本に描かれた絵柄と類似する寛延二年（一七四九）刊勧化本『苅萱道心行状記』（全五巻）などと比較検討してみると、この別本「御絵伝」は、元々複数幅の掛幅絵であったようで、現存する一幅は残欠と考えるのが妥当であろう。

平成三年を迎えると、住職夫人竹澤繁子氏は、ひたすら新旧二幅を一貫した物語と見做す「御絵伝」絵解きの練習に余念がなかった。即ち、先ず別本八場面を絵解き、続いて従来から絵解きしていた「御絵伝」（江戸前期）一幅を絵解きするという、新たな語り口を考え出されたのである。こうして、一か月余の後には、新旧二幅を連続した物語として絵解く形がごく自然に出来上がっていったのであった。そして、この年の七月上旬には、南部神楽狂言の台本作者・佐藤正行氏の手に成る絵解き台本の完成をみることとなり、以後今日に至るまで、繁子夫人は台本に則って絵解きするようになった。その間の事情についての詳細は、林雅彦監修『苅萱親子地蔵尊縁起 苅萱道心と石童丸』（西光寺、平成六年刊）を参照いただければ、幸いである。
なお、西光寺には、子供のための「石童丸のお話」という紙芝居（タイトルとも十一枚）があり、副住職夫人環江氏によって、平成十二年一月、台本が書きおろされた（補訂・林）。

三

長野市往生地にある往生寺には、江戸後期の成立と思われる「苅萱親子御絵伝」（紙本、二幅）が存する（裏書に明治十八年修復の旨記されている）。向かって右幅はすやり霞で六段十二図に分けられ、左幅は四段九図に区分けされている。右幅上段には箱崎での花見の宴が描かれ、最下段には高野山無明の橋での父子対面のドラマチックな場面が描かれている。左幅も、上段に石童丸が父苅萱の元で出家・修行する場面から始まり、最下段に父子が大往生を遂げる場面を描いている。二幅とも「概略図」に見るように、上から下へと解き進められて行くのである。

往生寺には、明治四十五年一月、第四十一世住誉善豊上人筆録の台本『苅萱堂往生寺縁起』が伝えられおり、今日の絵解きも、大筋ではこの台本に拠っている。

往生寺の「御絵伝」には、往生寺独自の場面も描きこまれている。特に左幅全体にわたって往生寺の草創に纏わる場面、つまり、父苅萱が善光寺に籠もっている間に、幾度となく善光寺如来の来迎を受け、往生すべき場所として現在の往生寺の地を告げられる。その後、父子が一体ずつ地蔵を彫る、という内容である。

ところで、先々代住職善豊師の元で絵解きした長野県飯山出身の善明尼（本名米持スズ）は、うぐいすの尼と呼ばれる程声の美しい、絵解きの名手だったと言い伝えられている。又、先代善凱師の夫人水野民恵氏も長らく絵解きに携わっていた。

現在の往生寺では、住職水野善朝師と恒子夫人が、参詣客に乞われると、随時独特の口調で絵解きされている。時間はおよそ十分ほどである。

〔付記〕

本書に掲載した台本について些か触れておく。西光寺の台本は、文中でも述べておいたように、佐藤正行氏作成の台本を林が若干補訂したものを用いた。又、往生寺のそれは、ビデオ・テープから翻字したが、その際、『絵解き台本集』（三弥井書店、昭58・12）所収のものを参考にした。

【苅萱親子地蔵尊縁起
苅萱道心と石童丸】（西光寺）

作……佐藤正行
補訂……林雅彦
口演……竹澤繁子

「苅萱道心石童丸御親子御絵伝」（江戸中期）

⑧（花見の宴〈繁氏・桂（子）御前・千代鶴姫〉）	
⑥（桂（子）御前、夢見る〈筥崎宮の神人、短冊を持参、桂御前それを詠み認める——程なく千代鶴姫誕生〉）	⑦（父繁昌の葬儀〈父母相次いで死去、繁氏十九歳〉）
⑤（繁氏十五歳、原田種正邸にて暴れ馬を御す）	
③（繁昌、石堂口の河畔の地蔵から霊石を賜わる）	④（繁昌の夫人、長承元年正月二十四日暁、男子出産〈石堂丸と命名〉）
②（加藤兵衛尉繁昌香椎宮に参籠、申し子を祈る）	①（筑前国博多の城）

「苅萱道心石童丸御親子御絵伝」（江戸中期）概略図

「苅萱道心石童丸御親子御絵伝」（江戸前期）

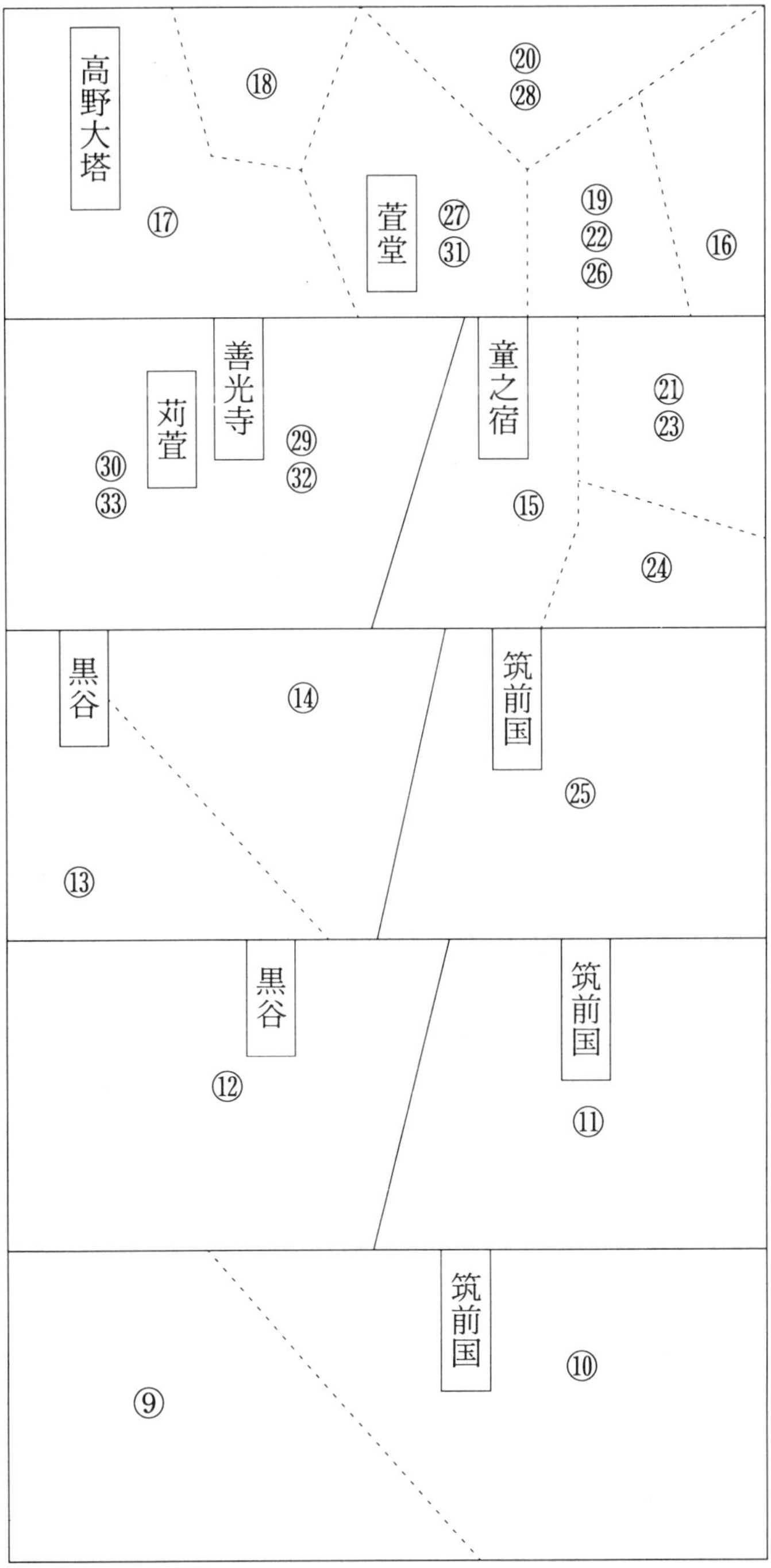

「苅萱道心石童丸御親子御絵伝」（江戸前期）概略図

独りよく愛河を渡って溺れず、高縲今に伝えてその徳を讃える大道心あり。この尊者を念仏行者苅萱上人と申さるる。

1

今から凡そ八百年ほどの昔、鎌倉時代初期の頃、大筑紫九州博多の守護職に、加藤兵衛尉《ひょうえのじょう》藤原重昌という武将がおられました。この重昌公、二人となき弓馬の達人で、九州はおろか関東にも知られた豪勇の武将でございます。

もともと博多一帯は、外敵の襲来に備えて、豪勇の武士がその任に当たり、沿岸の防御と交易港を守る守護職重昌公は、人望も厚く、領民から大変慕われておりましたが、悩みが一つございました。

2

それは、四十歳を過ぎましたのに、いまだ後継ぎの子に恵まれず、この上は神仏に頼るしかないと神功皇后を祀る香椎宮《かしいのみや》大明神に子授けの願掛けをなさいます。

七日七晩一心に祈願をされ、満願の日の暁、夢枕に一人の翁社殿より現われ給い、「われ香椎宮の使臣なり。今宵博多の東石堂口の、川の畔に至るべし。かのところに温順にして玉のごとき黒き石あるべし。その石妻に与えなば、必ずや男子授かるべし…」とあらたかなるお告げがございました。

3

重昌公大変喜ばれ、早速参り、そこかしこと探されるうち、柳の根本に古びた一体のお地蔵様がおわしました。近寄り見ますと、左のおん手には宝珠ならぬ黒い石を持っていらっしゃる。手に取り見ますと、なんとその石、人肌のごとく温かく艶々と光り輝いているではありませんか。

4

間違いなくお告げの石ならんと恭々《うや》しくおしいただき、駒を速めて屋形に持ち帰り、奥方にお与えなさいますと、ほどなく懐妊なされ、明けて正月二十四日、玉のような男子をご出産なさいました。重昌公はもちろん、領国中の人々の喜びは例えようもなく、博多の屋形は若君誕生に湧きかえりました。この若君に、霊石の授かりし地の名をいただき、「石童丸」と命名……、この石童丸こそが、後の苅萱上人でございます。

5

石童丸すくすくと成長し、五歳にして文字を読み、八歳にして宝満山かまど山の僧坊に入り外典を学ぶといい、大変な神童だったようでございます。

十五歳で山を下り、父につき弓馬の指南を受けますが、その上達の早いこと、父を凌ぐほどになり、その天才ぶりを語る次のような挿話がございます。

ある仲秋の日、芦城《あしき》の長者種正の屋形に菊見の宴に招かれた折でございます。宴たけなわの頃、一頭のあばれ馬が乱入して参りましたが、このあばれ馬肥後天草の産で、何人もの舎人を踏み殺した希代の悍馬《かんば》です。あばれ馬は十人もの舎人を引きずり、ドドッと乱入してきました。原田氏はじめ家臣ただただ慌てふためき逃げ惑うばかり……。見ておりました若君、袴の腿裁《ももだち》高くとり、鼻息荒く迫る悍馬に両手を広げて仁王立ち、立ち上がり掻き込まんとする悍馬の下をかいくぐり、立髪を取りひらりと跨《またが》り、鐙《あぶみ》を締め一せん、「ハイヨーッ」と屋形の外に駆け去って行かれました。

しばらくして戻って来た時は、馴れ馬のごとく甘えるさま、馬は人を見ると申します。これが「若君悪馬に乗る」の名場面でございます。

6

見ておりました種正は、一人娘の桂子姫の夫はこの若君の外なしと、重昌公に申し入れ、ここに縁談整い、苅萱に新屋形を造り姫を迎えて、名も加藤左衛門重氏と改め、幸せな日々を送られました。

ある夜のこと、桂御前の夢枕に翁現われ、短冊を持ち来たり、捧げる和歌に、

　なれて見る砌りの松の万代を千度かぞえん鶴の諸人

とあり、ほどなくして女子が誕生、和歌にちなんで「千代鶴姫」と命名されました。重氏はじめ原田氏の喜びは一方ならず、重昌公も十七歳の重氏に守護職を譲られ、祝髪されて「退軒入道蓮叟《れんそう》」と名を改め、余生を送っておられました。

7

それから二年、満つれば欠ける世の習い、父退軒入道、俄かの病で世を去られ、母上も後を追うかのように亡くなられてしまいます。重氏夫妻や家臣の悲しみはいかばかりか。

8

その悲しみを乗り越え、父に劣らぬ善政を布く重氏は、領民に「苅萱殿」と呼び慕われておられました。

月にむら雲花に風、心のままにならぬこそ浮世に住める習いなれ。

9

ここに若くして九州六カ国の守護職となりました加藤左衛門重氏は、権勢並ぶものなく、正妻の桂御前・二の妻千里御前《ちさとごぜん》を両の手に、栄耀栄華を極め、吾世の春を謳歌する日々でございました。

10

折しも春は弥生、霞にむせぶ鴬の声ものどかな苅萱の屋形に、二人の妻を両脇に、数多《あまた》の家臣をはべらせて、

花見の宴を催された折でございます。

宴もたけなわ、なみなみと注がれた重氏の大盃に桜花の蕾《つぼみ》が一輪、音もなく落ちて来ました。見上げれば、七重八重、今を盛りと咲く花にさえ蕾で落ちる花あるは、花の命のはかなさよ……と、栄耀栄華の夢から醒め、人の世の常なきことを奔然と悟り、仏門入りを決意されまして、

ましら鳴く深山の奥に住み果てて馴れ行く声や友ときかまし

と一首の和歌を残し、領国も妻子も振り捨てて、二十一歳の若さで諸国修行の旅に出られたのでございます。出家の理由を、もう一つには、妻妾の嫉妬心を垣間見たからだとも言われております。

後に残されました家臣や家族の驚きはいかばかりか。その時、千里御前は懐妊されており、月満ちて玉のような男子を御出産、父の御幼名をいただき「石童丸」と名付け、大切に育てておられました。

11

歳月は人を待たず、流水のごとく流れて、石童丸十三歳の春、お庭に来るつばめの親子を見て、父恋しさを募らせ、「虎伏す野辺に座すとも一目逢いたや」とせがまれる。逢いたい思いは母とても同じこと、風のたよりに仄聞《ほのき》けば……、

12

重氏殿は、花の衣を墨染めの衣に替えて、京は新黒谷の法然上人の許におわすとか。さらばと母子二人は京へと旅立たれたのでございます。

13

淀の流れは澄みゆけど、心は難きに濁りきて、比良の嵐のしみじみと、身にしみ渡る憂き旅路。

馴れぬ草鞋の緒擦れをかばいつつ、ようよう新黒谷に辿りつかれまして、法然上人を訪い給えば、法然上人申

さるる、「かの者道心堅固の行者なり。高野に念仏興さんと、今は高野に参らす」と聞きて……、

14

母子はとぼとぼとまたも疲れし御足を励まして、高野山麓学文路宿《かむろのしゅく》玉屋に着かれたのでございます。

明日は御山にと胸躍らせるお二人に、宿の主は無惨にも、高野山は女人禁制であると教えます。千里御前の驚きはいかばかりか、嘆き悲しむ母を慰めて、「私一人で参り、必ず探して戻ります」と、健気に申す石童丸に、母は無念の思いを託して登らせるのでございました。

これが、母子今生の別れになろうとは、神ならぬ身には知るよしもなく、心細道ただ一人村過ぎ川渡り谷越えてはるばる登れば、

15

日は入相の不動坂、「南無大聖の不動尊、父に会わせて下されて」と祈りて、その夜は御堂の縁に臂を枕に笠屏風。

ほろほろと鳴く山鳥の声きけば父かとぞ思う母かとぞ思う

一夜明ければ、五更の空も白み行き、はや寺々暁の鐘。峰々谷々僧房七堂伽藍の隅まで探せども、父かと思う人もなく、尋ねあぐねてはや四日……、

16

奥の院は無名の橋にとさしかかる。

折しも、右手に花桶、左手に数珠、弥陀の名号を称え来る一人の僧あり。石童丸なぜか気にかかり、行き交う二人の、袖と袂がもつれ合い、互いに見合わす顔と顔。

石童　「もし道心さま、ものをお尋ね申します。私は、この御山にて今道心となりし父を尋ねて参りし者、お教

え下され道心さま」
道心「おう、見れば幼き者の一人旅。いかに若君よ、この御山には、寺々三千余り、二万に及ぶ僧房あり。今道心のみにてはのう……。されど、袖すり合うも他生の縁とやら……。父上の生国、お名はなんと申さるる……」
石童「はいっ、父は九州筑前の、守護職加藤左衛門重氏にて、私は一子石童丸と申します。」
道心「なにっ、石童丸とな……」
聞いた道心、持った花桶ばったと落とし、石童丸の顔をしげしげと眺め、みるみる涙が溢れ頬を伝う。それもそのはず、この道心こそが、石童丸の父上、重氏その人だったからでございます。
石童「これは道心さま、お目に涙が……。もしや道心さまは私の父上さまでは……。父上さまは、左の眉に、黒子《ほくろ》が……。同心さまにも黒子が……」
道心「うっ……、いや…、なに……」
と袖で顔を隠される。
石童「お父上さまでしょう、道心さま。母は千里と申して、麓の学文路で待っております。ご一緒に山を下りて母上に会って下さい……、お父上さま」
道心の袖にすがりつき、無限の思いをこめて口説く石童丸……。聞く道心の肺腑をえぐり、情愛の涙時雨となって、重氏の法衣を濡らすのでした。
石童「ねえ、お父上さまでしょう。石童お会いしとうございました。さあ……、母上のおられる、学文路に……」。
必死で迫る石童丸に、苅萱道心は、挫《くじ》けそうになる心をようやく取り直し、袖振り払い、苅萱「私はお前の父ではない。私は、苅萱寂照坊と申す者。重氏殿は、私によく似た人であったが、去年の秋の患いで亡くなられてしまったお人じゃ……」

17

苅萱「あれを見るがいい。あの小松の下の墓が、そなたの父、重氏殿の墓じゃ」

と苦しまぎれに方便をなさる。驚きまじまじと見ておりました石童丸、飛んで行き、墓石にすがりつき、

石童「お父上さま……、情のうございます。

この世に生まれて十三年、ただただ父上さま会いたさに、母子はるばる尋ね参りましたのに、かくあさましきお姿とは……。これなる衣は、姉千代鶴姫が、蓮糸で織った手縫いの袈裟……。お召しなされて極楽浄土におわすように。南無阿弥陀仏南無阿弥陀仏……」

と、念仏称えて墓石に懸けようとすれば、風もないのにしきりと苅萱の袖や衣にからみつく。見ておりました石童丸、「あなたは私の父上ではないのですか」と万感こめて見上げ、わっと泣き伏す。苅萱顔をそむけ、念仏を称えるばかり。

（苅萱独白）「不憫《ふびん》やのう。自ら俗世の人ならば、私がそなたの父なるぞ……と両手を差し延べ抱けるものを。生者必滅《しょうじゃひつめつ》 会者定離《えしゃじょうり》 本在空《ほんざいくう》の理を悟りて、修行来しものぞ……。いや迷うまい、迷うまい。たとえこの身が炎に焼き尽くされようとも、仏に誓った身なのだ。許してくれい……」

苅萱「のう、石童丸とやら、嘆くは仏の後生のためならず。この数珠はそなたの父の形見じゃ。持って行くがいい。千里とか申す母御にもあまり嘆かれて体をこわさぬようにとな……。頼り少ない母さまじゃ、大切になっ……」

石童「はいっ、道心さま、ありがとうございました。道心さまがお父上さまであったなら……」

未練げになお袖すがる石堂丸を諭《さと》すように、折から響く無情の日暮れの鐘……。

苅萱　「さあ……。日暮れも近い。石童丸とやら、体を愛《いと》うてな……。立派な人になりなされよ……。さらばじゃなあ……」。

親は子を知り、子は親を知らず。愛し吾子を前にして、名乗れぬ父の悲しみは、泣いて血を吐くほどゝぎす。

苅萱　「さらばじゃ……」。

石童　「道心さまあ……」。

苅萱　「石童丸……」。

18

心を鬼に吾子を帰す苅萱に、またも吹き来る一陣の山時雨。

御山に心を残しつつ、涙ながらに山を下る石童丸。

不動坂にて宿の主人が、母の危篤を知らせんと登ってくるのに出会います。

19

急ぎ宿に帰った石童丸を待っていたものは、馴れぬ旅路と心労に持病の癪《しゃく》が悪化して、我が子の名を呼びつつ息を引きとったばかりの千里御前でした。

20

御山では、父の死を……。

21

帰れば母もあの世に旅立ったとは……。悲しみに涙も涸れ果て、茫然とする石童丸。

22

詮方なく母の野辺の送りをすませ、姉の待つ筑前国に帰れば……、

23

姉上千代鶴姫もこの世の人でなく、三十五日の法要の日であったといいます。

次から次へと重なる肉親の不幸に、天涯孤独となった、幼い石童丸の胸に一筋光明《こうみょう》さすものは、血が情を呼ぶと申しましょうか、

24

高野山で会った苅萱道心を懐かしく思われて、「そうだ、あの方の御弟子となって、亡き父・母・姉の菩提を弔おう」と、心もあらたに再び高野の山へと登るのでございます。

25

だが、我が子と知っておりますが苅萱は、なかなか許しません。「あなたのそばで過ごしたいだけです」とすがる石童丸に、つい負けて弟子となし、「信照坊道念」とお名をいただき、父子一堂にありて三十四年、共に修行されておられました。

父と子が一堂にあれば、他と違う細やかな情の通い合うことも多く、人の口の端に上ることもあって、

26

苅萱道心は、善光寺如来のお告げと申されて、信濃国は善光寺へと旅立たれたのでございます。

27

苅萱道心は、この里を極楽往生の地と定め、善光寺より南十丁ほどの小高い森に草庵を営み、日々善光寺に参籠なさること十四年、善光寺生身如来《しょうじんにょらい》のお導きで、衆生皆往生安産子育ての祈願をこめ、一刀三礼《いっとうさんらい》の地蔵尊を

刻まれ、建保二年八月二十四日、八十三歳にて大往生をされたのでございます。
　高野山にて父苅萱道心の往生を悟られました石童丸信照坊道念は、早速信濃に赴かれ、亡き父の遺志を継ぎ、自らも父にならい、一刀三礼の地蔵尊を刻まれ、不断念仏に励まれて、建保四年八月二十四日、六十三歳にて往生されたのでございます。

28

　そもそも、このお二人の御上人は、乱世の衆生を救わせ給わんと、弥陀の遣わし給うた菩薩の化身にして、常行念仏の偉大な尊者であり、父と子と一体ずつ刻み給うた地蔵尊は、御利益あらたかなる親子地蔵大菩薩として、当山の御本尊御開帳仏であり、長野市の重要文化財に指定されております。

29

　苅萱上人、石童丸、千里御前の由緒の品々は、当山の寺宝として宝物殿にあり、境内にはお三方の墓もございます。

30

　御開基より八百有余年、年移り日変わりても、苅萱上人の御遺徳により、法灯絶やすことなく、当代住職で五十九世。「苅萱山寂照院西光寺」の由来を物語る御絵伝のお絵解きをここに説き納め、御参拝の皆々さまに御功徳あらんことを念じて終わらせていただきます。
　　　　　　　　　　　　　　　　　　　　南無阿弥陀仏………

西光寺【石童丸のお話】（紙芝居・西光寺）

作・口演……竹沢環江
補訂………林　雅彦

1

これは、昔々《むかしむかし》、今《いま》から八百年前《はっぴゃくねんまえ》のお話《はなし》です。
日本《にほん》に九州《きゅうしゅう》という所《ところ》があります。
そこに加藤左衛門尉重氏《かとうさえもんのじょうしげうじ》という殿様《とのさま》がいました。
殿様には、桂子姫《かつらこひめ》と千里姫《ちさとひめ》という二人の奥様《おくさま》がいました。
ある春《はる》のことです。
奥様やお城《しろ》の人たちを集《あつ》めて、お花見《はなみ》をしています。
桜《さくら》の花が美《うつく》しく、そよそよと吹《ふ》く風《かぜ》に、はらはらと花びらが舞《ま》い落《お》ちました。
と、その中に固《かた》いつぼみが一輪《いちりん》、殿様の持《も》っていた杯《さかずき》の中にポトリと落ちました。
殿様は、それをじいっとみつめて、自分《じぶん》もこのつぼみのように、
立派《りっぱ》な大人《おとな》にならないまま、この世《よ》を去《さ》るかも知れないと思《おも》い、悲《かな》しくなりました。
又《また》、ある時《とき》のことです。
二人の奥様が、すごろく遊《あそ》びをしていました。
殿様は障子《しょうじ》に映《うつ》った二人の姿《すがた》に驚《おどろ》きました。

髪《かみ》の毛《け》を振《ふ》り乱《みだ》し、へびのようになって、
からみ合《あ》いのけんかをしているではありませんか。
あんなに仲良《なかよ》く見えるのに、
自分のことで奥様同士《どうし》が嫉妬《しっと》の心《こころ》を燃《も》やし、争《あらそ》っているのです。
殿様は心を痛《いた》め、悲しくなりました。
お城を出《で》て、お坊《ぼう》さんになって、修行《しゅぎょう》をしようと思いました。

2

殿様は、二人の醜《みにく》い争いに心を痛《いた》め、悲しくなりました。
二人をこんな気持《きも》ちにさせてしまったのは、
自分の身《み》から出た罪深《つみぶか》さだと思いました。
そこで、お城を離れて、お坊さんになって清《きよ》く生《い》きようと思いました。
その夜《よる》、そっとお城を出て、京都《きょうと》の黒谷《くろだに》というところのお寺《てら》へ向《む》かいました。
そこには、法然上人《ほうねんしょうにん》という立派《りっぱ》なお坊様《ぼうさま》がおりました。
そのお坊様にお願《ねが》いして、髪《かみ》を剃《そ》っていただき、
苅萱寂照坊《かるかやじゃくしょうぼう》というお坊様の名前《なまえ》をいただきました。

3

九州では、殿様がお城を出てからしばらくして、
千里姫に男《おとこ》の子が産《う》まれました。
その子は石童丸《いしどうまる》と名付《なづ》けられました。

月日《つきひ》は流《なが》れて、石童丸が十三歳《じゅうさんさい》になった春《はる》のことです。
お庭《にわ》に来《く》るつばめの親子《おやこ》を見ていた石童丸は、
「つばめにもあのようにお父様《とうさま》お母様《かあさま》がいるのに、
石童丸には、どうしてお父様はいないのですか。
石童丸もお父様が欲《ほ》しいです」
と、お母様にせがむのでした。
お母様も、会《あ》いたい気持ちは、石童丸と同《おな》じでした。
風の便《たよ》りによると、お父様は、
京都の黒谷でご修行しているとのことでした。

4

お母様と石童丸は、旅支度《たびじたく》をして京都に向かいました。
昔は、飛行機《ひこうき》も電車《でんしゃ》もありませんでしたから、
自分の足《あし》で歩《ある》くしか方法《ほうほう》はないのです。
慣《な》れない旅のために、わらじの緒《お》で足が痛《いた》いのをかばって歩きました。
何日《なんにち》も何日も歩きました。
そして、ようやく黒谷にたどり着《つ》いたのでした。

5

黒谷の法然上人《ほうねんしょうにん》にお会いして、石童丸は、
「私の父はここで修行していると聞《き》いてまいりました。

どうぞ会わせてください。」
と頼《たの》みます。
すると、法然上人は、
「その方《かた》はとても立派《りっぱ》な方です。
今は高野山《こうやさん》（というお山）でご修行しています。」
と、答《こた》えられました。
母子《ははこ》は疲《つか》れた体《からだ》を二人でかばい合いながら、再《ふたた》び旅を続《つづ》けました。
ようやくたどり着いた高野山のふもとの宿屋《やどや》で、そこの主人《しゅじん》から、
「女《おんな》の人はお山に登《のぼ》れない」
という、厳《きび》しいおきてを知らされました。
石童丸とお母様は大変悲《たいへんかな》しみました。

6

「私一人でも必《かなら》ず父上《ちちうえ》をさがして戻《もど》ります」
と、石童丸はお母様を残《のこ》して、ただ一人、
お父様を尋《たず》ねて険《けわ》しい山へ登《のぼ》る決心《けっしん》をいたします。
「峰《みね》の薬師様《やくしさま》、滝《たき》の不動様《ふどうさま》、どうぞお父様に会わせてください」
と、お祈《いの》りをしました。
たくさんのお寺を尋《たず》ねて、何日も何日も歩きましたが、
お父様らしき人には会えません。

石童丸は泣《な》きながら、奥《おく》の院《いん》へお参《まい》りに行きました。
そして、無明《むみょう》の橋《はし》で一人のお坊様に出会《であ》いました。
石童丸は駆《か》け寄《よ》りました。
「お尋ねします。九州からやって来て出家《しゅっけ》し、
元《もと》の名前を重氏というお坊様を知りませんか」
そのお坊様は、さっと顔色《かおいろ》を変《か》えました。
実《じつ》は、その方こそ、石童丸がたずね歩いたお父様だったのです。
けれども、今は仏様《ほとけさま》にお仕《つか》えする身の上のお父様ですので、
「その方は、もう亡《な》くなりました」
と名乗《なの》ることはできません。
そして、抱《だ》きしめてやりたい、そんな気持ちをぐっとこらえて、
「これがあなたがさがしているお父様のお墓《はか》です」
と言《い》って、よその人のお墓を石童丸に教《おし》えました。
石童丸は驚《おどろ》き、お墓にすがりついて大きな声《こえ》で泣きました。

7

「石童（丸）、この世に生まれて十三年、ただただお父様に会いたくて、
お母様とはるばる尋ねて参りましたのに、
このようなお姿になられて……。
お父様、お父様……」

石童丸はただ泣くばかりです。
「石童丸とやら、そんなに悲しんでは、亡くなったお父様のためになりません。
早《はや》く帰《かえ》って、お母様にこの話《はなし》を」
と、お坊様にやさしく言われて、
泣く泣く石童丸は、お坊様に
「ご親切《しんせつ》に、ありがとうございました」
とお礼《れい》を言い、お山を下《お》りました。

8

泣きながらお山を下り、ふもとのかむろの宿《しゅく》に戻《もど》ると、なんということでしょう。
慣れない旅の疲れと心配《しんぱい》で、
お母様は、石童丸が帰り着《つ》く前に亡《な》くなってしまいました。
思わず「お母様ぁ」と叫《さけ》びました。
お山ではお父様が、そして今又《また》、
お母様がこの世を去《さ》ってしまわれたのです。
石童丸はとうとう一人きりになってしまいました。

9

一人きりになった石童丸は、高野山で会った
あのやさしいお坊様のことが忘れられず、再《ふたた》び高野山に登りました。
苅萱堂《かるかやどう》に着いた石童丸は、お母様のことを話し、

「亡くなったお父様とお母様の供養《くよう》をしたいので、
ぜひ私を弟子《でし》にしてください」

と頼《たの》みました。

お父様とも知《し》らず、ここで石童丸は一心《いっしん》にお坊様としての修行に励《はげ》むのでした。

10

お父様の苅萱道心《かるかやどうしん》は、善光寺如来《ぜんこうじにょらい》のお告《つ》げを受《う》けて、信州《しんしゅう》の善光寺へと旅立ちました。

こうして、苅萱道心と石童丸は、最後《さいご》まで父と子と名乗《なの》らずに仏様にお仕《つか》えして、正《ただ》しく一生《いっしょう》を送《おく》りました。

その後《のち》、苅萱道心と石童丸は、一体《いったい》ずつお地蔵様《じぞうさま》を刻《きざ》まれました。

それが現在《げんざい》、「かるかや親子地蔵尊《おやこじぞうそん》」として

かるかや山西光寺《さいこうじ》の本堂《ほんどう》にまつられています。

これでおしまい。

往生寺「苅萱親子御絵伝」〈右　幅〉

【苅萱親子御絵伝】（往生寺）

口演……水　野　善　朝

往生寺「苅萱親子御絵伝」〈左　幅〉

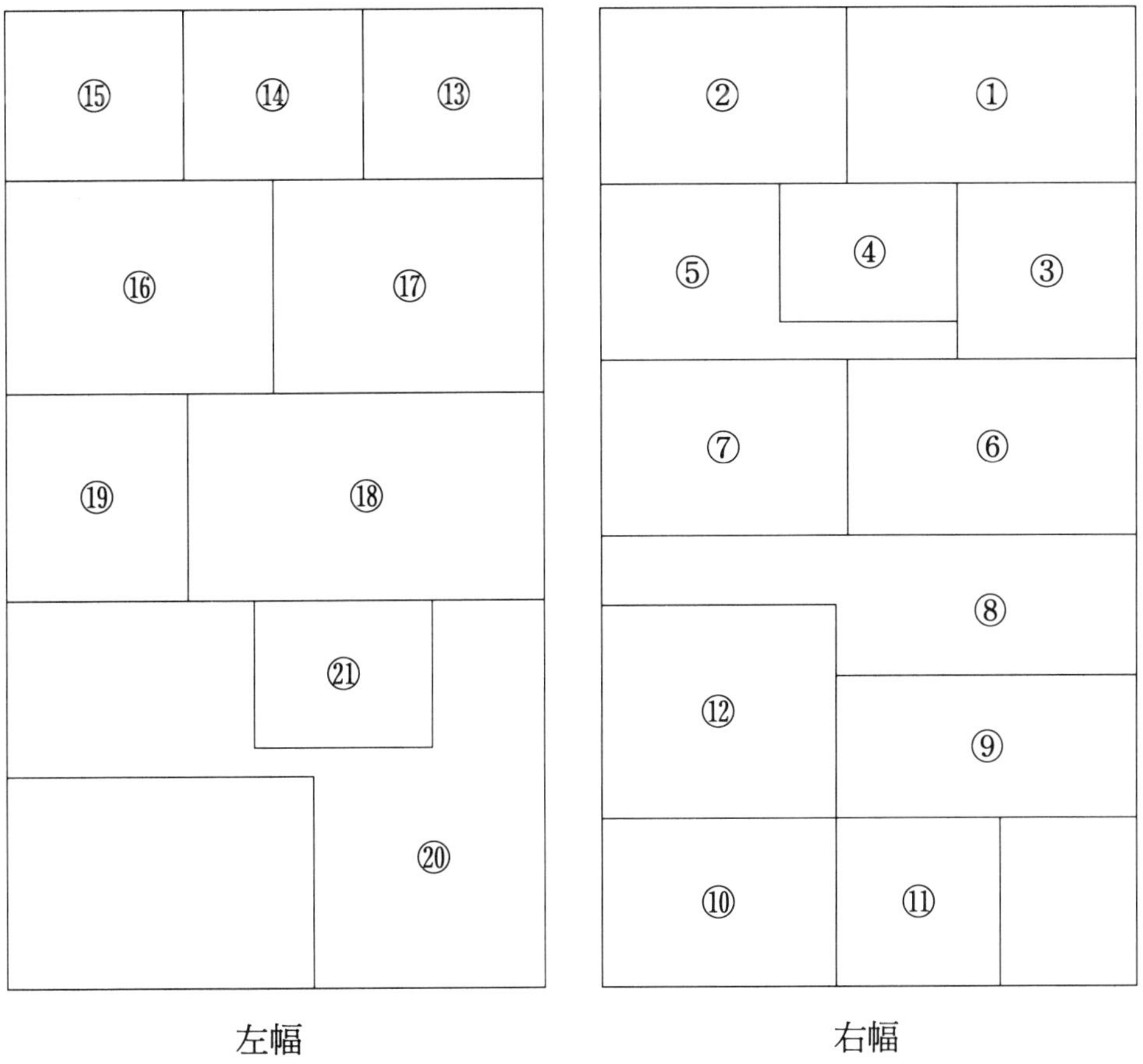

往生寺「苅萱親子御絵伝」概略図

当山は苅萱堂往生寺と申しまして、苅萱上人八十三歳で亡くなられました御遺跡《ごいせき》としてのお寺でございますが、八十三歳の御修行のお姿と、親子地蔵尊と申しまして、苅萱上人とそのお子さんの石童丸さんの、親子一体ずつ、善光寺如来様のお告げを蒙《こうむ》られまして、お刻みになりましたお姿です。都合三体、こちらの正面奥に保管してございます。はじめにこの二幅のお掛軸《かけじく》によりまして、一代記御縁起《ごえんぎ》の話を申し上げさせていただきます。

こちらは、苅萱様お花見にいらっしゃいまして、御発心《ほっしん》のおはじまりでございます。そもそも当山の開山、苅萱上人と申されます方は、只今から八百年程昔、九州の博多の城主のお殿様で加藤左衛門尉《さえもんのじょう》重氏と申されましたが、そのお殿様でいらっしゃいました仁平二年という年の春のある日のこと、お国元の苅萱の関、桜の馬場というところでお花見をなさいました。よい心持ちで御酒盛りをしてらしたことでありましょうに、桜の花びらが散る中に、一輪つぼみの花が、お殿様のお持ちになっとられました盃の中に舞い落ちまして、それを御覧になりました重氏公は、つくづくと世の無常をお感じなされました。自分は今、栄耀栄華に、何不足なく日々くらしとるけれども、今が今にも、無常の風にさそわれれば、このつぼみの花のように散っていかなければならない。この運命であるとお感じなされまして、出家になろうという志をおたてになり、比叡山、叡空上人の元をお尋ねになりまして、出家の気持ちのほどをお述べになりますと、叡空上人、重氏公の志の切なるをお感じなされまして、心ゆくまま弟子となさり、剃髪《ていはつ》して名前を寂照坊等阿《とうあ》法師と名付けてくださいました。ここでしばらく修行をしてらっしゃいますと、お殿様でいらしたときの鎮守神様の、筥崎《はこざき》の八幡様が夢枕に立って、「お前は今、比叡山で仏門の修行をしておるが、都黒谷に法然上人という立派なお坊様が出て、今、念仏の修行を広めておるから、お前はそこへ行って修行をしてはいかがであるか」というお告げによりまして、比叡山を下って京都においでになり、黒谷の法然上人様のお膝元において、念仏の御修行をなさる事十三ヶ年に及んだのでありまするが、ある日の事、指折りかぞえてお考えになりますには、自分は国許《くにもと》を出る時に、妻の胎内《たいない》には子どもが宿ったはずであるが、その子が成人して万一尋ねてくるような事があっては、せっかく出家の身となって、仏門の修行に励んでおる妨げになるとお考えになられました。法然上人様にお別れを致し、女人禁制《にょにんきんぜい》の高野山に、身をおかくしになるために登ってゆかれる旅の姿でございます。

一方、お国許の方では、その後お生まれになりましたのがお子さんの石童丸さん。御年《おんとし》十四歳になりました時に、お母様の桂御前様にお願いになります。「どうか私に暫くお父様のお行方をお尋ね致すお暇をいただきとうございます。子どもとして一度お尋ね致さないことには、人間としての道もたちませぬから」と切にお願いになりますと、お母様が申されますには、「私もかねがねそう思っておったことであるから、一緒にお捜し致しましょう」と、はるばる九州から旅立たれまして、都の方にお上りになりますと、風のお便りに、都黒谷の法然上人様のところにおいでになるとお聞きになりましたので、そこをお尋ねになったのでありまするが、もうすでに、お父様は高野山へ登ってしまわれました後でありました。余儀なく後を追って高野へ向かわれる親子の旅の姿でございます。

高野山の麓の、学文路《かむろ》の宿《しゅく》という宿場までお着きになったのでありまするが、お母様は長い旅のお疲れか、御病気の様子でありますので、宿屋の主人玉屋与治右衛門に看病をたのんで、石童丸さん一人だけ高野山に登られ、「今道心の加藤左衛門重氏入道という方を御存知ありませぬか」とあなたこなたを尋ね来られまして、ようやく蓮華谷の往生院において、親子御対面のお姿でございます。

お父様の方では我が子の尋ねて来たことを、一目見て御承知でありながら名乗りをなさらない。「あなたのお尋ねになるその方は、私としばらく一緒にここで御修行をしておられたことではあるが、もうとっくにこの世を去られて、今はこの世にない人である。あなたは大家の御子息様でもあるから、早く国許に帰って立派に家督《かとく》相続なされよ」とお諭《さと》しになられます。石童丸さんは、いかがはせんと思い悩まれた事でありまするが、とも角お母様の病気の事も心配でありますので、ひとまず麓の学文路の宿に戻ってごらんになりますと、哀れにもお母様は昨夜空しくお果てなされてしまわれました後でありました。泣く泣く野辺《のべ》の送りを致しまして、お母様をお骨《こつ》に致しまして、それを背負って再び高野山へ登られました。先の蓮華谷の、往生院で会いましたお坊さんの許を尋ねられまして、「どうかあなたのお弟子にしていただき、仏道を修行のかたわら、御両親の御菩提をお弔《とむら》いいたしとうございます」と切にお願いになりますと、よんどころなく、親子ではありますけれども、名乗りをなさらないまま御弟子となさり、石童丸を剃髪して、名前を信生房道念と名付ける。ここで暫く一緒に御修行をしとられたのでありますが、お父様にしてみますれば、我が子と百も承知でやってみれば、親子の情愛に引かれ、日々の修行の妨げになりますので、お考えになりますに、信州善光如来様は三国伝来の霊仏であるから、善光如来様のお力におすがりをして、修行し往生していこうとお考えになられました。で、そこでまた高野山に石童丸さん、お残しになって御自分だけ善光寺へいらっしゃる旅のお姿でございます。

善光寺御堂前《みどうまえ》においでになり、七日七夜の間に日参あそばされ、「汝、われに往生の地を授け給え」とお願いになりますと、七日満願の暁に、善光如来様は真の御来迎松に御来迎遊ばされまして、「汝往生の地はここである。我が縁のある地を汝に授けるぞよ」とお手招きくださいました。その招かれましたところにおいでになってそこで庵を結んで、永年御修行をなさったのでありますが、御修行をしていらっしゃいますと、善光如来様お告げくださいますには、「汝は菩薩の化身《けしん》であるによって、末世の衆生《しゅじょう》を済度《さいど》するために、地蔵菩薩を刻んで残しておけよ」というお告げをくだされまして、そこで鏡が池に御自分の姿をお写しになりました。鏡に写るおのが姿を手本とされながら、一刀三礼にお刻みになりました御地蔵様の御姿、只今の御宮殿《みくうでん》の奥にお立ちの、むかって右側のお姿でございます。

かくして建保二年の、八月二十四日に、八十三歳にして、大往生なされましたお姿、苅萱上人、亡くなられましてから後に、高野山に一人残されましたお子さんの石童丸様も、また善光如来様のお徳をしたってこの土地においでになり、生前お父さんであり、御《お》師匠さんでありました苅萱上人が、自作で残した地蔵菩薩を手本とされまして、それと同じものをお刻みになりました。奥のむかって左側のお姿でございます。

親子で一体ずつお刻みになりましたので、これを苅萱親子地蔵尊と申してございます。一度我に拝礼をとげるものならば、この世においては安穏にまもってやるぞよ。未来は必ず同行となって、導きせんとのお誓いのもとにお刻みになられたものでございます。御信心あってあれ、南無阿弥陀仏、〳〵〳〵〳〵。

こちらを当山の善光如来様の御来迎の松と申しており、ただ今この松の下に石の大きな地蔵様がお立ちになりまして、苅萱上人のお墓となっております。古の松が枯れまして、ただ今二代目の松でございますが、庭隅の石段をお上りになりまして、平に右の方へちょっとおいでになりますとございますから、どうぞ御覧になって下さい。

II

信濃路の絵解き

「涅槃図」の型式と絵解き

林 雅彦

一

釈迦は、紀元前五世紀の頃、インドのヒマラヤ山麓に暮らしていた釈迦族のスッドーダナ(浄飯)王の王子として生まれた。名前をゴータマ・シッダルタ(悉達多)という。出家してから六年、山中苦行の後に漸く悟りを開き、以後、インド各地で仏教の教えを説いて廻り、八十歳でその生涯を閉じた。「釈迦族の聖者」という意によって、釈迦牟尼と呼ばれ、又略して釈迦とも称された。

一般に、釈迦の生涯のうちで主な出来事としては、左記のようなものがあげられよう。

人間以前の釈迦は、兜率《とそつ》天にいたが、白象に身を変じて人間界に降った[降兜率]。そして、カピラヴァットゥ(迦毘羅)国の浄飯王妃・マーヤー(摩耶)夫人《ぶにん》の胎内に入った[托胎]。白象と化した前世の釈迦が下天托胎する様を夢想した摩耶夫人は、夫浄飯王にこの夢の有様を語ると、浄飯王は、婆羅門《バラモン》にその夢を占わせる[占夢]。

やがて、出産間近になった摩耶夫人は、実家に帰る途中、花の美しく咲き匂うルンビニ(藍毘尼)の花園に立ち寄り、花の咲いた木の枝を右手で折ろうとしたところ、その右脇から悉達多は誕生してただちに七歩歩き、右手を上に上げ、左手を下にして「天上天下《てんじょうてんげ》唯我独尊《ゆいがどくそん》」と唱すると、歩いてきたところに八葉《はっしょう》蓮華が生じた［獅子吼］。誕生を祝福して、天上からナンダ（難陀）龍王とウバナンダ（優婆難陀）龍王が悉達多に甘露の清水を灌いだ［龍王灌水］。しかしながら、摩耶夫人は、七日後に生まれたばかりの悉達多を残して亡くなった。

悉達多は迦毘羅国の王子として不自由のない日々を過ごし、誰にも負けない文武諸芸を身に付けた［競試武芸］。ある時、悉達多は城の東西南北の四門から外に出た時、生老病死の四苦を眼の前に見て、此世の無常を実感した［四門出遊］。悉達多の身を案じた浄飯王は、悉達多が出家せぬようにと、伎女たちに歌舞をさせた［三時殿遊楽］。そして、ヤショーダラ（耶輸陀羅）と結婚させ、一子ラーフラ（羅睺羅）を儲けた。

しかし、出家を決意した悉達多は、二十九歳のある夜、人々が寝静まったのを確認、愛馬カンタカ（揵陟）にまたがり、御者のチャンダカ（車匿）のみを伴って城を出奔した［出家喩城］。途中で車匿を帰した悉達多は婆羅門教の僧となる。父国王のはからいで憍陳如《キョウジンニョ》たち五人の従者と共に、六年間山中で修行した［山中苦行］。

この間に、肉体をいたぶる苦行の無意味なことに思い至った釈迦は、農夫からもらった吉祥草を下に敷き、菩提樹の下で座禅する［吉祥献草］。固い決意を妨げるために、魔王は、あの手この手で釈迦の気をそそろうとした［降魔］。釈迦は、魔王の仕掛けた誘惑を退け、悟りを開いた［成道］。かくして、釈迦は、再びサールナートにあるムリガダーヴァ（鹿野苑）に赴き、苦行を共に行った前記憍陳如ら五人に、初めて説法した［初転法輪］。

釈迦は、今は亡き母摩耶夫人のいる三十三天に昇り、母のために説法した。釈迦がこの世にいない間人々は悲しんだので、釈迦は、梵天と帝釈天を率いて、再び人間界に降った［従三十三天降下］。

釈迦がインド各地を廻っていた時、一匹の猿が蜜を盛った鉢を釈迦に捧げた［猿猴奉蜜］。

八十歳になった釈迦は、故郷に帰るべく、愛弟子アーナンダ（阿難）と共に最後の旅に出た。その途中で、釈迦の説法で帰依した鍛冶工のチュンダ（純陀）は、釈迦をきのこ料理でもてなした［純陀供養］。ところが、この時釈迦は激痛に襲われた。やっとの思いでクシナーラ（拘尸那掲羅）まで辿り着き、最後の説法をした釈迦は、まもなく涅槃に入ることを弟子たちに伝えた［臨終遺誡］。そして、沙羅双樹の下で頭北、右手を手枕にし、右脇を下にして入滅した［涅槃］。

釈迦は入滅後、弟子のアニルツダ（阿那律）の案内で下天した母摩耶夫人のために、再び棺から身を起こして説法した［再生説話］。入滅時に遅れた弟子カーシャパ（迦葉）がやってくる前に、棺を動かそうとしたが、びくともしなかった［金棺不動］。それればかりか、金棺は空中に飛び上がり、拘尸那掲羅城の上をぐるぐると廻った［金棺拘尸那掲羅城旋回］。弟子の迦葉が棺に近付くと、釈迦は棺の中から両足を出し、迦葉はその足にさわって礼拝した［迦葉接足］。釈迦の遺骸は棺に再度納められ、七日間の供養を経て、荼毘に付された［荼毘］。この後、舎利をめぐる争いが起こるが、ひとりの婆羅門の媒ちで、舎利は八か国に分けられた［八国分舎利］。そこで、八か国の国王は、各自塔を建て、舎利を供養したという［起塔］。

周知の如く、釈迦の生涯をテーマとする文学作品は、「仏伝文学」と呼ばれている。冒頭に記した釈迦の生涯の出来事は、インドで成立した経典類に見られるもので、それらは、まさしく仏伝経典だと言えよう。しかも、仏伝文学の中には、釈迦が此世に誕生するまでの本生譚（ジャータカ）を有するものもある。

二

インドで成った仏伝文学は、やがて中国に伝えられて漢訳化された。その一方では、漢訳経典を換骨奪胎してあらたな仏伝文学が創り出されたのであった。現在最古の仏伝は、梁の僧祐（四四五〜五一八）撰の『釈迦譜』五巻（広本は十巻）で、これは、『長阿含経』『増一阿含経』など二十余りの経律から、仏伝に関わる三十四項目を抜き出して整理したものである。本文に引用しない『修行本起経』などの経律の典拠も参照して併記、さらに、撰者自身の意見も記述している。こうした学究的態度は、後代の学侶たちの釈迦の伝記を歴史的に究明しようという姿勢に受け継がれていった。それは、釈迦の生涯の出来事が、中国のどの皇帝の何年にあたるのか、といった考察に顕著なのである。唐代には、道宣によって『釈迦譜』を約六分の一に略述した『釈迦氏譜』も撰述されている。

ところで、中国には、庶民を対象とした仏伝文学も存在した。俗講と深い関わりを持つ仏伝変文の存在である。経典に則りながら、訛伝を取り入れ、あるいは、中国古来の倫理感をも内在させた仏伝の登場である。

我が国の仏伝文学は、仏教伝来と同様、夙い時期にあっては、中国のそれの影響を受けたものだった。しかしながら、一般民衆の教化を目的とした仏伝文学は、所謂説教・唱導と結び付き、独自の展開を示したのである。平安初期に作られた『東大寺諷誦文稿《ふじゅもんこう》』に収められた仏伝説話を以て、日本仏伝文学の出発点だと言えよう。黒部通善氏の大著『日本仏伝文学の研究』（和泉書院、平元・6）「序説」では、日本の仏伝文学の歴史的展開に関する時代区分を、次のように規定している。

1　古代（平安時代）仏伝文学　仏伝経典もしくは中国の唱導資料などの直接的影響のもとに成立したと考えられる仏伝文学。

2　中世仏伝文学　古代の仏伝文学が日本の風土に培養されて成長し、日本独自の仏伝文学として成熟したもの。

3　近世仏伝文学　中世の仏伝文学が中世より近世への時代思潮の推移とともに変容したもの。

4　近代仏伝文学　近代ヨーロッパの仏伝研究の方法にもとづき、釈尊の生涯を実証的・合理的に記述しようと心がけた伝記で、広義には伝記文学として仏伝文学の範疇に属する。なお、その根底には信仰への導きという願いが共通にあり、その点では、前代までの仏伝文学と変わるところはない。

黒部氏が指摘される通り、我が国における仏伝文学の独自性は、中世仏伝文学にあり、近世仏伝文学へと変容しつつ、継承されていったのである。

釈迦入滅後、釈迦を偲ぶために、釈迦の生涯の出来事を絵画化したものを、「仏伝図」という。仏伝と同様、夙くにインドに生まれ、中国・朝鮮半島、そして、日本へと東漸した。本稿では、その「仏伝図」及び「涅槃図」の絵解きについて、些か考えてみたい。

三

釈迦を形あるもので後世に伝えたいという願いから作られた仏伝図は、最初の頃は、釈迦の姿を画面に描かない「聖跡参拝図」「ブッダガヤーの大精舎参拝」などが作られたが、その後、降魔を加えた「降魔成道図」と称する仏伝図が描かれるようになった。続いて、釈迦の生涯のうちで重要な八つの出来事を描いた「釈迦八相図」が製作されるようになったと想定される。因みに、釈迦八相は、一般に降兜率、托胎、出胎、出家、降魔、成道、転法輪、入滅の八相を指すが、図によって若干の相違が見られる。

四

インドの初期「仏伝図」には、浮き彫りの作はあったが、一幅の絵画にまとめたものは存在しなかったようである。因みに、中央アジア・キジルの千仏洞出土の、八世紀頃の作と思われる著名な「釈迦四相図」（壁画）が伝わっている。阿闍世《あじゃせ》王と王妃を前に、一人の女性がこの図を掲げ、もう一人の女性が絵解き（絵を解説・説明）している場面である。

ところで、「涅槃図」の「涅槃」という語は、「泥洹《ないおん》」とも言い、煩悩の火を吹き消した状態という古義から転じて、釈迦が亡くなること、即ち、入滅を指す。

故郷をめざして最後の旅に出た釈迦は、クシナーラまでやってきて、沙羅双樹の下で病いのために疲れ切った身体を横たえたが、ここで百三十歳の老女スバッタ（須婆陀羅）に生命には限りがあること、その事実を厳粛に受けとめるべきことを教え諭すなどした後、二月十五日の満月の深夜、八十歳の生涯を安らかに閉じたと伝えられている。この場面を絵画化したものを、正しくは「仏涅槃図」「釈迦涅槃図」と言うが、一般には「涅槃図」と呼んでいる。

我が国では、毎年二月十五日に、涅槃会（常楽会）と称する法会が各地の寺院で営まれ、「涅槃図」が祭壇の中央に掛けられる。涅槃は、釈迦の生涯の出来事の中で生誕とともに重要な行跡であり、我が国にあっては、宗派に関係なく、多くの寺院で涅槃会が営まれてきた。それゆえに、多数の「涅槃図」が今に残っているのである。この法会は、記録によれば、既に平安初期には行われていた。

多くの「涅槃図」は、四方を沙羅双樹に囲まれた中央の寝台上に、釈迦が頭を向かって左側（北枕の形）にして、右腋を下に横たわった姿で描かれている。その周囲には、諸菩薩をはじめ、仏弟子、国王、大臣、諸天、信者、鬼神、さらに鳥獣や虫などの動物に至るまで集まって、釈迦の入滅を嘆き悲しむ様子が表現されている。天上からは、母摩耶夫人が降りて来る、という場面構成をとっている。

我が国の「涅槃図」は、大きく新旧二型式に分けられるが、共に中国の影響を受けて成立したものである。

古態の「涅槃図」の場合、おおむね釈迦は両手を体側につけ、体を真っ直ぐに伸ばして、寝台上に仰臥または横臥する形に描かれている。寝台は釈迦の足元、つまり、向かって右側面を見えるように描く。寝台の周囲に集まる会衆の数は少なく、動物の数も少ない。画面の多くは、横長か正方形に近いもので占められてる。ただし、古態型式の図が全部同一の図柄というわけでもない。唐画の影響を受け、主に平安後期から鎌倉時代にかけて作成された。現存最古の作は、応徳三年（一〇八六）の銘を有する高野山金剛峯寺本である。

新しい型式の「涅槃図」は、画面中央の寝台に横たわる釈迦は比較的小さく描かれ、一方、囲りの会衆の数も増えている。釈迦は右手を曲げて手枕とし、両膝を曲げて両足を上下に重ね、横臥する姿で描かれている。画面は、縦形が大半を占めている。鎌倉時代になって現れた様式で、宋画の影響を受けており、その後の「涅槃図」の大部分がこの形をとっているが、細部の描写は、必ずしも一様ではない。宋代の作と思われる図に、京都・長福寺本や陸信忠筆奈良国立博物館本などがある。

鎌倉時代以降も、旧型式の図が作成されていることはもちろん、新旧二型式の折衷した図柄が登場してきていることを、併せて記憶しておく必要がある。

ところで、鎌倉時代、京都・高山寺の明恵上人が撰述した「涅槃講式」に基づいて、「八相涅槃図」と呼ばれる「涅槃図」も作られた。八相は前述の通り、一般に八つの行跡を指すが、これとても八つだけに限らず、それ以上の行跡を記しても八相と総称されているように、「八相涅槃図」も又八場面だけにとどまらない。入滅前後の行跡を描いたもの、降兜率から入滅前までの行跡を描写したもの、前二者を併せて描いたもの、の三つに分類出来る。これも、中国画の影響を受けた図である。

特殊な涅槃図（「見立て涅槃図」）としては、室町時代の作で常滑《とこなめ》市・東龍寺蔵「法然上人臨終図」の他、江戸時代につくられたものとして、「日蓮聖人涅槃図」「業平《なりひら》涅槃図」「芭蕉涅槃図」「三世中村歌衛門追善涅槃図」、パロディ化した「大根涅槃図」などが知られている。

なお、信濃長谷寺（長野市）の「涅槃図」（紙本・一幅）は、新しい型式に属し、江戸時代の作である。又、牛伏寺（松本市）の「涅槃図」（紙本・一幅）は、五十二ページに見る如く、横長大型のものである。

【釈迦涅槃図】

作…小林一郎・小林玲子
口演…小林玲子

1

この絵は涅槃図と申しまして、お釈迦様がお亡くなりになった時の有様を描いたものです。

こうした絵は、お釈迦様が入滅された二月十五日に各地のお寺で掛けられます。現在この辺りでは月遅れで、三月十五日に掛けるお寺が多いようでございます。その日の法要を涅槃会《ねはんえ》と申します。

その涅槃会は、日本では奈良時代の頃からありましたが、平安時代の初めに奈良の興福寺の寿広《じゅこう》によって、盛大に行われるようになったと言われています。この寿広という人は、元々尾張の国の役人でしたが、出家して興福寺の僧となりました。音楽などにも通じておりましたので、舞楽を取り入れた盛大な涅槃会を行いました。するとその翌日、尾張の国の熱田明神が子どもに乗り移り、お告げになりました。「寿広よ、お前は元々尾張の国の者だ。涅槃会のりっぱな儀式を行なうと聞いて、はるばるこの国にやって来たが、国の入口には梵天や帝釈天が守っていて入ることができず残念だ。何とかしてその儀式を見たいものだ」「それでは昨日に引き続いて、今日もまた涅槃会を行いましょう」

2

この年から興福寺の涅槃会は、二日に渡る盛大な行事になったということです。

それではお釈迦様の生い立ちから、お話を始めてまいりましょう。

牛伏寺蔵「涅槃図」(紙本、一幅)　江戸時代

お釈迦様は、インド北部のカピラ国の王子としてお生まれになりました。二十九歳で出家され、三十五歳で悟りを開き、八十歳で入滅されるまでインド中に教えを広められました。

また一説には、十九歳で出家され、三十歳で悟りを開かれたとも申します。

3

続いてお釈迦様が、お亡くなりになった時のことを、詳しくお話いたしましょう。

八十歳になられたお釈迦様は、その当時インドの中でも大きな国だったマガダ国の都、王舎城の近くの耆闍崛《ギシャクッ》山《セン》という山の中で、教えを説いていらっしゃいました。

ある日お釈迦様はお弟子たちをお連れになって、北に向かって旅立たれました。

ビシャリ城を過ぎてバーヴァーの村に着いたお釈迦様の一行は、鍛冶屋の息子純陀《チュンダ》の家に招かれました。そこで召し上がった食事に当たったからでしょうか。お釈迦様は激しい腹痛に見舞われました。それでも苦しみに耐えながら、お釈迦様はクシナガラを目指して旅を続けられました。

4

熙連河《キレンがわ》を渡ると沙羅《さら》の木の林がありました。死が間近に迫っていることを悟ったお釈迦様は、いつもお側近くに仕えていたお弟子の阿難尊者にお命じになりました。「阿難よ、私は疲れた。横になりたい。沙羅双樹の間に、頭を北に向けて床を用意してくれ」

こうしてお釈迦様は、頭北面西右脇臥《ずほくめんさいうきょうが》、すなわち頭を北にして西を向いて休まれました。

5

死を悟られたお釈迦様は阿難尊者に最後の教えを説かれました。

そして、ご自分のお使いになっていた鉢と錫杖《しゃくじょう》をお授けになったと言われています。

6

続いてお釈迦様は、お弟子たち全員に告げられました。

「諸行は無常である。怠ることなく努めよ」これがお釈迦様の最後の言葉でした。

7

時は二月十五日、満月の夜でございました。

突然大地は振動し、雷鳴が響き渡りました。床の四隅に二本ずつ生えていた沙羅双樹の木は、たちまち白い花を付け悲しみを表しました。また木全体も白く変わってしまったと言われています。それは遠くから見ると、白い鶴が群れているようでございました。そのためこの林は、鶴の林、鶴林《かくりん》と呼ばれるようになったということです。

その有様は、『平家物語』の冒頭に「祇園精舎の鐘の声、諸行無常の響きあり。沙羅双樹の花の色、盛者必衰の理をあらわす」と、書かれております。

その後、風が吹くとこの林は枝を鳴らし、「仏《ぶつ》已寂滅《いじゃくめつ》入涅槃《にゅうねはん》、諸滅結者皆随去《しょめつけっしゃかいずいこ》、世界如是空無智《せかいにょぜくうむち》、痴冥《ちみょう》道増《どうぞう》智灯滅《ちとうめつ》」と、歌うようになったと言われています。これは、「お釈迦様が入滅されて、多くの悟りを開いた人々も皆世を去り、この世は真理を悟る智恵もなくなり、闇ばかりが残った。」という意味です。

8

お釈迦様がお亡くなりになったことを聞いて、菩薩、天部を初めとして、人間はもとより動物達まで、五十二種類の生き物が集まってきて嘆き悲しんだのでございます。

こちらの左右においでになるのは金剛力士、いわゆる仁王様です。お寺の入口でお寺を守っているのが仁王様ですが、ここでもお釈迦様をお守りするかのように左右にいらっしゃいます。

9

文献によれば動物としては、龍、鳳凰、象、獅子、鳧《ケリ》、オシドリ、孔雀、乾闥婆鳥《ケンダツバチョウ》、迦蘭陀鳥《カランダチョウ》、鴝鵒《クコク》、オウム、倶翅羅鳥《クジラチョウ》、婆嘻伽鳥《バキカチョウ》、迦陵頻伽鳥《カリョウビンガチョウ》、耆婆耆婆鳥《ギバギバチョウ》、水牛、牛、羊、蜂、毒蛇、蟯蜋《キョウロウ》、マムシ、サソリが集まったと言われています。

10

ところで、猫は「五十二類の他」と申しまして、この場にはいなかったと言われています。それにはお話がございます。

お釈迦様がクシナガラでお亡くなりになりそうだと、最初に知ったのは牛でした。そこで牛は鼠を誘って、鼠を頭に乗せて駆けつけました。途中で猫が昼寝をしておりましたが、鼠は猫を快く思っていなかったので声を掛けませんでした。クシナガラに着いた途端、牛の頭に乗っていた鼠は、牛の前に飛び降りました。そのためクシナガラに着いた順番は、鼠が一番、牛が二番ということになって、子、丑、寅……という十二支の順番が決まったということです。

こうして、猫はお釈迦様の最期に間に合いませんでした。それ以来猫は鼠を恨んで、追いかけるようになったということです。

11

でもこの絵には猫が描かれています。「涅槃図」に猫を初めて描いたのは、京都の東福寺の僧、明兆《みんちょう》、人呼んで兆殿司《ちょうでんす》だったと言われています。この兆殿司は絵の名人で東福寺の「大涅槃図」を描《か》きました。その絵が完成間近になりましたが、赤い絵の具が足りなくなって困ってしまいました。すると、一匹の猫が兆殿司の袖を引っ張って、赤い土絵の具のある谷に連れていってくれました。兆殿司は感激して、その猫の姿を「涅槃図」の中に描いてやったということです。

今でも「涅槃図」には猫を描かないものが多い中で、この絵のように猫を描いた「涅槃図」があるのは、そのためです。

12

さて阿難尊者は悲しみの余り、気を失って倒れてしまいました。この阿難尊者はお釈迦様のいとこに当たる方で、二十五年間に渡ってお側近くに仕えました。そのためお弟子達の中でも、悲しみが一番深かったのでございましょう。助けようと水を掛けているのは阿那律尊者です。阿難尊者は大変美男子であったそうで、この絵でも色が白く美しく描かれています。お弟子の中でも、一番たくさんお釈迦様の教えを聞いたので、多聞《たもん》第一と言われています。

13

一方、お弟子の中にはこの阿難尊者とは違って、大変醜い方もいたということです。

憍梵波提《きょうぼんはだい》というお弟子は、たいそう醜かったためにお釈迦様は、「お前のような徳の高い人を笑い者にすれば、その人は大変な罪になる。この世から離れて忉利天《とうりてん》という世界に住みなさい」とおっしゃいました。

こうして忉利天にいた憍梵波提の元へ、十大弟子の一人摩訶迦葉《まかかしょう》がお釈迦様の入滅を知らせました。憍梵波提はたいそう悲しんで涙を流しました。その涙はお釈迦様の棺に降り注ぎ、その涙の中から憍梵波提の悲しみの声が聞こえたということです。

14

枕元でお釈迦様を見上げて泣いているのは、お弟子の羅睺羅《らごら》尊者です。羅睺羅尊者は、お釈迦様の実のお子様です。

平安時代に書かれた『今昔物語集』には、こんなお話が伝えられています。

お釈迦様がお亡くなりになるというので、羅睺羅尊者は悲しみに耐え切れず、神通力によって別の世界に飛び去ってしまいました。するとその世界に住む仏が尋ねます。「あなたは父上のお釈迦様がお亡くなりになるというのに、なぜこの世界においでになったのですか」羅睺羅尊者は答えます。「私は余りの悲しさに、最期を看取ることができずに、こうして来てしまったのです」仏は諭します。「お釈迦様は入滅される時を迎えて、さぞあなたを待っていらっしゃることでしょう。すぐにお帰りなさい」こうして羅睺羅尊者はまた神通力によって、この世界に帰りました。

一方お釈迦様は、羅睺羅尊者の姿が急に見えなくなってしまったので、「羅睺羅はまだ帰らぬか」と、待っていらっしゃいました。帰ってきた羅睺羅尊者にお釈迦様は仰せになります。「私はいよいよ最期の時が来た。おまえとも別れなければならない。もっと近くへ」羅睺羅尊者が涙にむせびながら枕元に寄りますと、お釈迦様はラゴラ尊者の手を握って、「羅睺羅よ、お前は私の子だ。十方の仏達よ、羅睺羅をお守りください」と、仰せになりました。

これがお釈迦様の最期のお言葉だったということです。『今昔物語集』には以上のようなお話がありますが、こうしたことはお経にはないお話です。私たちの先祖は、お釈迦様も羅睺羅尊者も我々と同じような親子の情を持っていたに違いないと思ったのでしょう。

15

お釈迦様の足元には、供物を捧げている人がいます。りっぱな身なりの方は、マガダ国の阿闍世《あじゃせ》王でございましょうか。阿闍世王はお釈迦様が入滅された夜、天から巨大な火の玉が落ちるという夢を見ました。それによってお釈迦様の入滅を知り、急いでこのクシナガラにやって来たのでございます。

16

お釈迦様の足元には、お釈迦様の足をさすっている人がいます。この人はビシャリ城から駆けつけた老婆です。貧しくてこれまでお釈迦様に、何もして差し上げられなかったことを悲しんでいるのだそうです。この老婆の流した涙は、お釈迦様の汗のようになって、荼毘《ダビ》に付すまでそのまま残っていたということです。

17

お釈迦様の御母、摩耶夫人《まやぶにん》はお釈迦様を生んだ後に、わずか七日でこの世を去られ、忉利天という世界に生まれ変わっていらっしゃいました。お釈迦様のお弟子の阿那律尊者は早速、忉利天に上って、お釈迦様が入滅されたことを摩耶夫人に知らせました。ここには、阿那律尊者に導かれてクシナガラに下る摩耶夫人が描かれています。

その時のことを詳しくお話いたしましょう。忉利天に生まれ変わっていた摩耶夫人は、ある日不思議なことが度重なりました。たとえば脇の下から汗がたくさん出たり、何度も瞬《まばた》きをしてしまうのでございます。それによって摩耶夫人は不吉な予感がしました。

その夜、摩耶夫人は悪夢にうなされます。恐ろしい夢を五回も続けて見たのです。夢といえば、摩耶夫人には思い当たることがございました。昔、摩耶夫人は白い象が右脇に入るという夢を見て、お釈迦様をご懐妊になったのです。今度の恐ろしい夢は、お釈迦様の入滅の前触れだろうと思っておりました。すると果たしてそこへ、阿那律尊者が知らせに来たのでございます。摩耶夫人は悲しみの余り、気を失って倒れてしまいました。ようやく正気を取り戻した摩耶夫人は、阿那律尊者に語りました。「私は釈迦を産んだ後、産後の肥立ちが悪くわずか七日で亡くなって、この世界に生まれ変わりました。それ以来、この手で抱いてやることができないのが心残りで、釈迦を思わない日はありませんでした。この手で釈迦を抱いてやりたい。さあ参りましょう」

こうして摩耶夫人は、阿那律尊者の先導でクシナガラへ下ったのでした。

18

その後お釈迦様は荼毘に付され、遺骨、つまり、仏舎利《ぶっしゃり》は八つに分割されてインドの各地に祀られました。こうしてお釈迦様のお体は失われましたが、そのお教えはインドばかりか世界各地に広まって、現在に至っているのでございます。

お釈迦様涅槃のお絵解き、以上で終わらせていただきます。

【宇宙と友達になろう】の巻（長谷寺）

作・口演…岡沢慶澄

長谷寺蔵「涅槃図」（紙本、一幅）　江戸時代

まず、お釈迦さまというお方は、今から二五〇〇年前、インドの国の北西部、今日のネパールという国のヒマラヤ山脈の麓にあった、釈迦国という小さな小さな国の、王子さまとしてお生れになりました。その誕生の時に、難産だったのでしょう、七日もたたずにお母さまの摩耶夫人《まやぶにん》がお亡くなりになってしまいました。

その悲しみが、お若い王子であったお釈迦さまのお心に深く深く刻まれていたのだと思われます。実際、若い頃から、私たち人間が生きていくことにともなう苦しみについて、ことに老いること、病むこと、死んでいくことについて、悩み恐れ、深く考える人であったと伝えられています。

やがてお釈迦さまは、二十九歳の年に王子としての地位も妻子も財産も捨てて出家してしまう。きっと、今お話しした、人間が生きていくことにともなう苦しみから自由になって、善く生きる道を心底お求めになったに違いありません。そして六年間の修行を経て三十五歳の年に、お悟りを開かれるわけです。

では、この「悟り」というのは、どんなものだったのか。会場の皆様も目を閉じて、ご一緒に想像してみましょう。

いま私たちの前には、あのインドの広大な大地が広がっています。時は夜明け前。目の前には清らかな川が音をたてて流れています。その岸には、それはそれは大きな菩提樹という木が立っています。その大きな菩提樹の根元に、出家された王子、すなわちお釈迦さまがお座りになっています。座禅しています。

さあ、今や、お釈迦さまは、六年間の修行の末、いよいよお悟りの時を迎えようとしています。地平線の向こうがすみれ色になっています。さっきまでキラキラ輝いていた星たちが消えて、東の空に明けの明星が美しく輝きました。その光がお釈迦さまの瞳に届くとき、天と地が、大空と大地が一筋の光になってお釈迦さまにあいさつをします。

「おはよう、お釈迦さん！」

お釈迦さまもこたえます。

「おはよう!」と。

天地の目覚めは、すなわちお釈迦さまの目覚めでもあったのです。お釈迦さまは六年にもおよぶ厳しい修行の末に、いままさに悟りを開いたのでありました。

では、悟りを開くとは、一体全体何でしょう。それは、それまで求めても求めても押しても引いても蹴飛ばしても、どうしても開かなかった固く重たい扉が、すっと、ひとりでに開いて、扉の向こう側の世界がありありと見えるようになった、ということです。すみれ色の空に輝く一点の明星のような、光の窓を通して、この宇宙や大自然とお話しをする、対話をすることなんですね。つまり、宇宙と友だちになる、ということでしょう。

その時、お釈迦さまの目には朝の風景が鮮やかに映ります。雪をいただく大いなるヒマラヤの山々、ゆうゆうと流れて海にそそぐガンジス川。その間の広いひろい草原、畑、村、町、そして人々がくっきりと、それはそれはもうハッキリと見えました。天と地と、すべての風景が生き生きと見えたのです。大自然が、友達になったお釈迦さまに、その心を開いて本当の姿を見せてくれたのです。

やがてお釈迦さまは、その菩提樹の根元からすっと立ち上がると、ご自分が見られた宇宙のありさま、その大自然の本当の姿を人々に伝えるために、大いなる歩みをはじめたんですね。その大いなる歩み、つまり伝道布教の旅は、八十才でお亡くなりになるまで、およそ四十五年間にも及ぶものでした。その四十五年間にも及ぶ旅は、多くの人々にも、自分と同じように宇宙大自然と友達になってほしい、というお釈迦様の願いから起こったものだったのですね。

それでは一体、宇宙や大自然と友達になれば、どうなるのか。お釈迦さまによると、私たちの命にまつわる苦しみ、すなわち年を取ること、病気になること、そして死んでいくことの苦しみから、逃れることができるそうなんです。老病死、そして生きていることすべてにかかわる苦しみから、私たちは自由になることができる。もう恐れることはなくなる。そのために、お釈迦さまは教えを説かれたわけです。だから仏教というのは、いろんな宗派がありますけれども、煎《せん》じ詰《つ》めると、仏教の教えというのは、この「宇宙と友達になる」ということにつきるわけですね。

次に、「宇宙と友達になる」ためにどうしたらいいのか。そこでお釈迦さまは私たちに、「自然から学べ」と仰っています。自然の姿、その声に、耳を澄ませ、と仰っています。

自然から学べ……。私たちの現代の暮らしを振り返ってみますと、いかがです。文明の物凄い発展の中でたくさんの便利さを得てきましたが、一方で大切なものをたくさんたくさん無くしてきました。とくに、自然環境に対する破壊はひどいことになっています。

でも、二十一世紀を前にして、私たちはいまようやく、あの緑豊かな自然を取り戻そうという動きをはじめています。それはまさに、自然と仲良くしよう、宇宙と友達になろう、というお釈迦さまの心に帰っていこうというものにほかなりませんね。

そんなふうにして、「宇宙と友達になろう」と人々に教え続けたお釈迦さまも、八十歳というご高齢になり、町と村をめぐり歩いて説法しつづけたそのお体も、さすがに疲れを感じることが多くなりました。旅の途中で木の根のもとに敷物をしいてはお休みになることも、しばしばあったそうです。そしてついに、間近に迫ったご自分の死を予感するようになったといわれています。

やがてお釈迦さまにも最期の時がやってきます。

それは生まれ故郷に近い、クシナガラという小さな村でのことでした。清らかな川の畔に、娑羅双樹の木々がたっていました。そこに体を横たえて、お釈迦さまも「その時」をお迎えになったのです。

お釈迦さまは、いつもそばにいた弟子のアーナンダに、別れの時にあたってこんなふうに仰っています。

「アーナンダよ、悲しみ嘆くことはないよ。前からお前には話して聞かせていたじゃないか。すべての愛するもの、いとしいものから別れ、離れていかなければならない時が来たのだ。生まれ、存在し、つくられ、そして壊れてしまう。それが私たち生きているものすべての姿なんだから。壊れないものなんか何もないんだ。アーナンダよ、お前は長い間本当によくわたしに尽くしてくれた。よいことをしてくれたのだ。これからも努力し、修行を続けていきなさい。そうすれば、やがてこの世のチリ、汚れを離れて、お前だってきっと宇宙と友達になることができるさ」

そう仰ったそうです。

ここにいらっしゃる皆さんも、こうして話しているわたしも、やがて時がくれば死んでいきます。その「死んでいく」ということは、言ってみれば、愛した人、あるいはこの世との「別れの時を受け入れる」、ということなんですね。しかしとても不思議なことに、死んでいく、死というのは、別れであると同時に、「出会いの時」でもあるんです。この不思議な出会い。というのは、その時になって、死んでいくその人の、本当の姿、その全体が見えてくるんです。その意味で、死とは「出会い」なんですね。

たとえば、ここにいらっしゃる皆さんの中には、大切な伴侶を亡くされた方がおいでになるでしょう。大概ご主人が先に参りますので、奥さま方には、ご主人を亡くされたその最後の時になって、何十年と一緒に過ごしてきた時間が一瞬にして蘇ってくる。その時に、お父さんの存在感をつくづくと感じ、はっきりと知ることができる。死の時になって、初めて出会う、初めて知るその人の姿があるんです。

その人の本当の姿、その全体が見える……。

さあ、ここまできて、ようやく私たちは「涅槃図」に辿《たど》り着こうとしています。そうですね、この一幅の絵にも、お釈迦さまという美しい美しい人の、そのすべてがまるで雪の結晶のように凝縮されて描かれているのです。お釈迦さまは、この悲しむべき別れの時を、むしろお釈迦さまのお心と私たちとの「本当の出会いの時」にしてくださっているのです。

そのように心得て絵を見ると、娑羅双樹の間にお釈迦さまが横たわり、弟子たちが取り囲んで嘆いています。弟子たちとともに、神様や菩薩さま、修行者や近くの村の人々も集まっている。空を見れば、お亡くなりになっていたお母さまが駆け付けています。どこから集まってきたのか、ライオン、サル、シカ、馬がいます。ヘビ、ゾウ、虎もいます。カエルやゲジゲジやカマキリもいます。そして月が輝き、花が咲き散っています。

何が描いてあるのか……。そう、生きとし生けるもの、大自然のすべてが、ここで出会っているんです。自然のすべてがここで出会っている。お釈迦さまの死に際して出会っている。つまり、「宇宙のすべては友達である」ということが、この一枚の絵に描いてあるわけです。それは、お釈迦さまが全生涯、全存在をかけて、私たちに伝えたかったことに他なりません。

私たちは、人間も、木も、動物も、鳥も、魚も、目に見えない神さまも、あるいは霊魂も、みんなみんなみんな、友達なんだ。それが分かれば、私たちの苦しみはもう苦しみではないんだよ、宇宙と友達になりなさい、自然から学びなさい、というのが、この「大涅槃図」に描かれている大きなテーマ、お釈迦さまのお心なんです。

さて、今日は限られた時間の中で、お釈迦さまの悟りと涅槃の様子までをお話し申し上げました。本来の絵解きから申しますと、絵のなかに誰がいる、彼がいるとお話し申し上げるべきでしたが、今日はあえてそうした細かいお話しはせず、お釈迦さまという人を知ってもらい、そして、「涅槃図」に描かれた大切な大切なお釈迦さまの教えを知ってもらうことを心がけて、お話し申し上げました。

「宇宙と友達になろう」という気持ち、それがお釈迦さまの気持ちです。そしてその気持ちは、皆さんにも、また私にも持つことができます。その心持ちになる時、私たちの心には、お釈迦さまが息づくのではないでしょうか……。

〔**参考文献**〕

岩田慶治『からだ・こころ・たましい』（ポプラ社）
渡辺照宏『新釈尊伝』（大法輪閣）
泉　武夫『仏涅槃図――大いなる死の造形』（平凡社）
林　雅彦「『仏伝図』『涅槃図』の東漸と絵解き攷の試み」（「明治大学人文科学研究所紀要」44冊）

「当麻曼荼羅（観経曼荼羅）」と絵解き

林　雅彦

一

「当麻曼荼羅《たいままんだら》」は、浄土三部経（『大無量寿経』『観無量寿経』『阿弥陀経』）の一つである『観無量寿経』を拠ろとし、中国唐代の善導大師（六一三〜八一）が著した『観無量寿経疏《しょ》』の所説に従った絵画である。正しくは、「浄土変観経曼荼羅」と呼ぶべきものである。

当麻寺（奈良県当麻町）には、中将姫が天平宝字七年（七六三）六月、蓮糸で織ったと言い伝えられている綴《つづれ》織《おり》の「当麻曼荼羅」（国宝）がある。又、鎌倉時代以降盛んに作られた転写本も、全国各地に数多く残っているが、右の「当麻曼荼羅」は、これらの原本として「根本曼荼羅」とか「古曼荼羅」と称されていて、通常は秘蔵されている。

これは、縦横それぞれ一丈三尺（約四メートル）の大幅で、初めの頃は曼荼羅堂に吊り下げられていたのだが、仁治三年（一二四二）、厨子改修の際に麻布を貼った板に貼られることとなった。下って延宝五年（一六七七）、板から剝《は》がされ、絹布の上に断片となった各部分を貼り付け、掛幅絵の形となった（ただし、下半部は完全に欠損している）。既に鎌倉初期には損傷が甚だしかったようで、現存する転写本間に著しく図柄を異にする部分が認められる。

中国にあっては、極楽浄土を描いた説話画は、「阿弥陀浄土変」「極楽浄土変」「西方変」等々と称され、夙《はや》くも五世紀以降、浄土教思想の中核をなす絵画として作成された。なかでも、『観無量寿経』の趣旨を絵画化したものを「観無量寿経変」、略して「観経変」と呼び慣わしてきたのである。従って、我が国においても、「観経曼荼羅」ともいう。

二

「当麻曼荼羅」は、我が国で最も広く伝承伝播された「観経変」であるが、その図柄は、次ページに示すような体裁となっている。中央に極楽浄土を詳細に描くという点では、他の多くの「阿弥陀浄土変」類と同様であるが、左縁・右縁及び下縁に『観経』の趣旨を文字と絵画とで表現しているところに、この「当麻曼荼羅」の特長が見られるのである。

即ち、中央部（玄義分《げんぎぶん》）の上から虚空会《え》・光変会・三尊会を描き、その左右に宝楼宮殿会を配し、三尊会の下に宝池会・舞楽会を、又、左右に樹下会・父子相迎会を描いている。右縁（向かって左の縁《へり》）は、『観経』の序章とも言うべき説話画（序分義《じょぶんぎ》。下から上に禁父縁・禁母縁・厭苦縁・欣浄縁・化前縁を描く）を表現し、左縁には、極楽浄土を観想する十六観のうちの十三観（定善義《じょうぜんぎ》。日想観・水想観・地想観・宝樹観・宝池観・宝楼観・華座観・像想観〈形像観〉・真身観・観音観・勢至観・普往生観・雑想観）を表わし、さらに下縁（散善義《さんぜんぎ》）には、残る三観を九場面（九品《くほん》往生相）に表現している。下縁の中央部には銘文帯があり、必ずしも定かではないが、鎌倉時代の伝承によれば、ある女人が蓮糸でこの「曼荼羅」を織り上げたという話が記されていたという、後に周知の中将姫伝説を生み出したのである。

次ページに示す

件の「根本曼荼羅」は、長らく天平宝字七年作成と信じられてきたが、昨今では織成技術上から分析して、中国唐代の作と考える説が有力である。

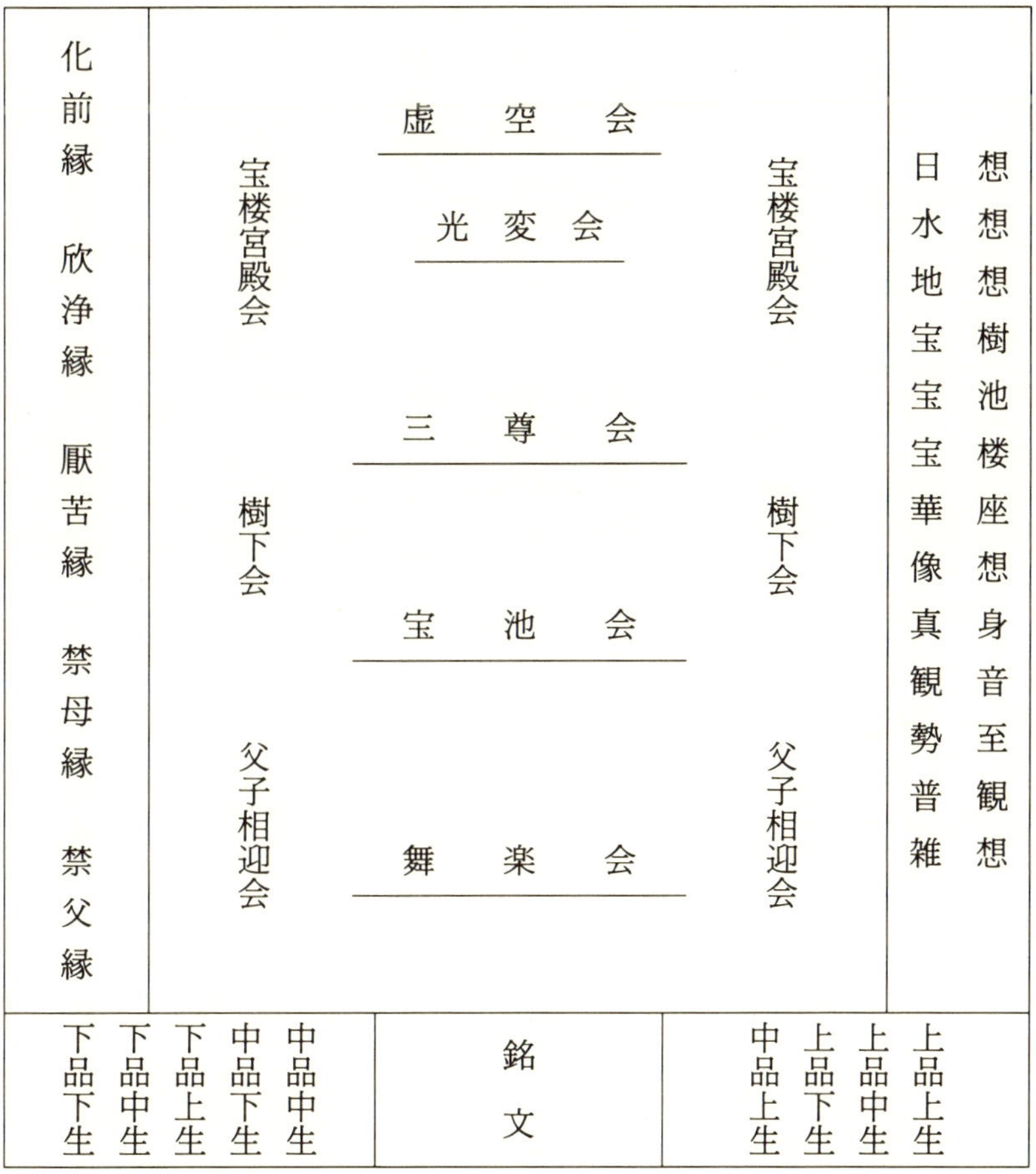

三

ところで、当麻寺に纏《まつ》わる「当麻曼荼羅」作成に関する説話を、上下二巻の絵巻仕立てにした鎌倉市・光明寺蔵「当麻曼荼羅縁起」（国宝）のあらましは、以下のようである。

天平の頃、横佩大臣《よこはきのおとど》の姫君が仏法に帰依、大和当麻寺で生身《しょうじん》の阿弥陀如来を拝したいと念じたところ、阿弥陀如来の化身である老尼が出現した。姫君はこの老尼の教えの通り、蓮糸を五色に染め、観音の化身した女人の助けを借りてこれを「曼荼羅」に織り上げ、極楽浄土の様子を観想した。その後、臨終に際して、阿弥陀如来と聖衆の来迎を得て、姫君は往生の本懐を遂げたという。

絵巻ではあるが、観音の化身である女人が「当麻曼荼羅」を織る場面と、阿弥陀の化身たる老尼が姫君にこの完成した「曼荼羅」を説き語る、即ち、絵解く場面とが、連続的（異時同図的）に描かれている点に、注意せねばならない。特に後者の絵解きの場面は、絵解きに関する中世絵画資料としても、貴重なものである。

因みに、この「当麻曼荼羅縁起」は、十三世紀中葉の作と思しく、ちょうどこの時期（仁治三年〈一二四二〉の当麻寺曼荼羅厨子修理や証慧作「当麻曼荼羅縁起」（弘長二年〈一二六二〉の撰述などと重なり、中世における「当麻曼荼羅」信仰、「曼荼羅講説《こうぜつ》」（絵解き）の隆盛を迎えたのであった。

四

「まんだら」という語彙は、梵語maṇḍaraの音写で、「曼荼羅」「曼陀羅」の字が一般に当てられていて、本質を得る、の意である。

「当麻曼荼羅」の絵相を絵解きすることを、特に前述の「曼荼羅講説」の他、「まんだら説教」「まんだら絵解き」と称するのである。

絵解きの順序は、左図の通りである。

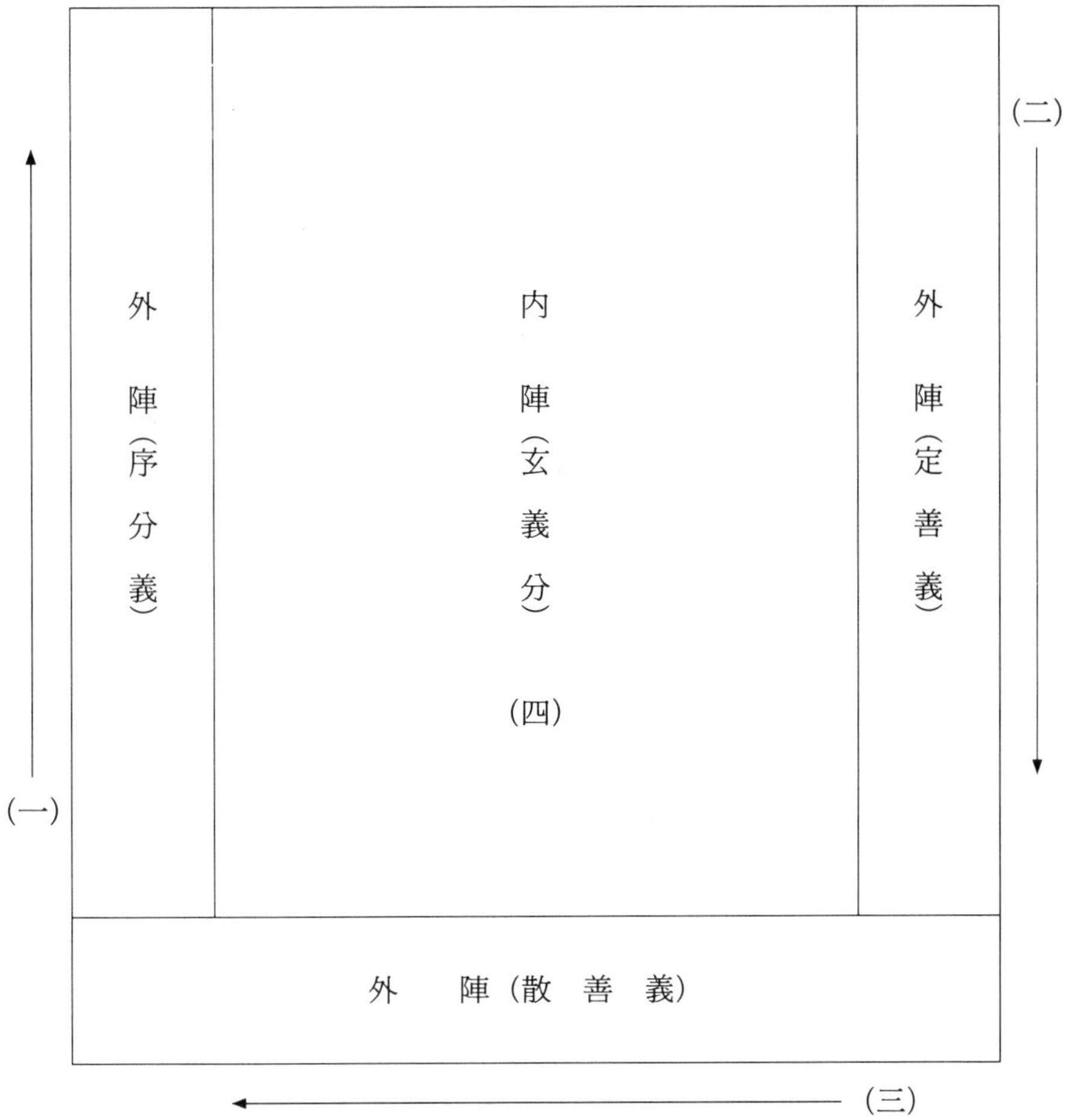

中将姫伝説に関わる「当麻曼荼羅」については、夙く『古今著聞集』や『元亨釈書』などにその祖型が見られ、以後、謡曲・浄瑠璃・歌舞伎・物語・小説など多くの文学・芸能に取りあげられてきた。それと同時に、「曼荼羅講説」が一時期浄土宗内において盛行し、とりわけ法然の高弟のひとり、善慧房《ぜんねぼう》証空（一一七七〜一二四七）による曼荼羅拝見と『当麻曼荼羅注』十巻の執筆は、浄土宗西山派の「曼荼羅相承」なる秘儀を生み出し、今日に至っているのである。

又、浄土宗及び浄土真宗にあっては、「当麻曼荼羅」に描かれた頻婆娑羅王《びんばしゃらおう》の后・韋提希夫人《いだいけぶにん》の悲劇は、絵解き視聴者の宗教的あるいは芸術的感動を喚起するのに十分な内容であり、多くの人々に感涙を促すものでもあった。そこで、説教師には、視聴者をひきつける技量が要求され、様々な工夫が凝《こ》らされたのである。かつて当麻寺や、愛知県江南市飛保《ひぼ》の曼陀羅寺などでは、年中行事や御開帳の際に絵解きがなされていた。

五

曼荼羅講説のテキストとして注目されるものに、文明十五年（一四八三）明秀《みょうしゅう》の手に成る『当麻曼陀羅註記明秀鈔聞書』をはじめ、袋中《たいちゅう》『当麻曼荼羅日記』（慶長十九年〈一六一四〉）、光覚『当麻曼陀羅科節』（延宝四年〈一六七六〉）、大順『当麻曼陀羅捜玄疏《そうげんしょ》』（明和九年〈一七七二〉）などがある。

なお、「当麻曼荼羅」と絵解きに関しては、関山和夫氏『説教の歴史的研究』（法蔵館、昭和四十八年三月）に詳細に論じられており、必読文献であることを、付記しておく。又、浄土宗では、「曼陀羅」を用いるが、本稿では、「曼荼羅」に統一しておいた。

【観経曼陀羅（当麻曼陀羅）】

作…小林一郎・小林玲子
口演…小林玲子

百分の一「当麻曼荼羅」（一枚刷り、江戸時代）

序分義（右の縁《へり》）

1

これからお話いたしますのは、今から三千年も昔の天竺、今のインドの物語でございます。その当時のインドは十六の国に分かれておりましたが、その中でも特に大きな国にマガダ国という国がございました。この国の都は王舎城、そして王の名はビンバシャラと申しまして、大変立派なお方で、国民の誰からも偉大なる国王として篤く信頼されておりました。そのビンバシャラ大王にはアジャセという名の王子があり、この方も大変聡明なお方で、国民は皆将来は立派な後継者の王となられるであろうと期待しておりました。

さてお釈迦様のお弟子でダイバダッタという人がおりました。この人はお釈迦様のいとこに当たる人で、お弟子として修行をしておりましたが、ある時ひそかに、「お釈迦様ももうお歳を召されたのであるから、私が取って代わろう」と企んだのでございます。それには、まず何はさて置いても後ろ盾が必要である。誰か良い人はいないかと目をつけたのが、王子アジャセ。

2

早速王舎城にアジャセ王子を訪ねたのでございます。

「アジャセ王子様、あなたはもういつ国王になられてもよい、十分な貫禄と人徳がお揃いでございます。しかし、大王ビンバシャラ様は余りにも偉大すぎて、なかなかあなたが国王になられるチャンスはございません。けれども、私に名案がございます。どうぞ私の申し上げることをお聞きください。必ず国王にして差し上げます」

ダイバダッタのそそのかしに聡明なアジャセ王子は、「国の政治は国民の為のもの、一人の栄誉のためのものであってはならぬ。」と言下に退けます。

3

そこでダイバダッタは一計を案じ、言って分からねば目にものを見せてくれようと、神通力を使ったのでございます。体から水を涌かせたり、火を噴いたり、体を小さくしたりと、様々な術でございました。

それを見たアジャセ王子は大変驚き、まるで催眠術にでもかけられたようにダイバダッタに心を許してしまいます。ダイバダッタは申します。「アジャセ王子様、あなたの右手の小指が欠けておりますが、なぜそうなったかご存知でございますか。あなたがお生まれになった時、父ビンバシャラ様はあなたを占い師に見せました。そうすると、その占い師は、『このお子様は、長じて必ずあなた様に弓引く人になりましょう。残念でございますが、お殺しになるのがよろしいかと存じます』と申し上げました。大王は驚き悲しみ、『何とか殺さずに済む方法はないか』それに答えて占い師は、『たったひとつの方法がございます。大変残酷かとは思いますが、一坪の土地に槍を十本逆立てて、王子を七階から落とすのでございます』『そんなことをしたら死んでしまう』と大王。占い師は、『万に一つも助かるやもしれません。そうなれば、必ず立派な王様となられることでございましょう』そこで大王は泣く泣く、いとし可愛い我が子を手放したのでございます。すると不思議にも、王子は槍と槍の間に落ち、槍の穂先で右手の小指をかすっただけで、一命は助かった。アジャセ王子様、あなたの右手の小指の傷は、それでございます」

4

ダイバダッタの作り話にのせられたアジャセ王子は、驚き怒り、それまで尊敬し信頼していた父ビンバシャラ大王を、七重に囲まれた宮殿の奥深い座敷牢に閉じ込めてしまったのでございます。

大王はその牢の中で、一人静かに思ったのでございます。「今こうして囚われの、それも我が子のために自由を奪われてみると、何一つ物の役には立たぬ。昨日まで手足の如く使い、可愛がってきた家臣に縄を打たれる。

ああ、世は無常とお釈迦様は仰せられたが、今の我が身にはしみじみとその言葉が身に染みる」

5

門の外には五人の門番が、手に手に得意の武器を持って、大王を監視しているのでございます。大王は食べ物はおろか水すら与えられず、ただ飢え死にを待つのみの身でございました。もちろん面会も許されません。けれども大王の妃、イダイケはアジャセの母君。門番も、無下に「入ってはなりません」とは申せません。

6

そこでイダイケ夫人《ぶにん》は沐浴して自らの身を清め、体にバターを塗り、その上に小麦粉、パン粉を塗って、首から下げた瓔珞《ようらく》には、生ジュースを詰めて、大王の元へと運んだのでございます。空腹の大王にとっては、これまで考えもしなかった小麦粉、パン粉の味は格別でございました。

やがて人心地付いた大王は、「我が心中の虚しさ、やりきれない切なさはどうだ。我が子のために、我が家臣に閉じ込められるとは」そこでイダイケ夫人は申し上げました。「大王様、この上はお釈迦様におすがりする以外に方法はございません」大王は、「そうだ、そうであった。お釈迦様、私はこれからどうしたらよろしいのでございましょうか。どうぞお教えくださいませ」と、夫人共々声を限りにお釈迦様に救いを願ったのでございます。

7

その頃お釈迦様は、王舎城より余り遠くない耆闍崛山《ぎしゃくっせん》という山の中で、連日大勢のお弟子達に教えを説いていらっしゃいましたが、大王と夫人の救いを願う声を感じ取られ、神通力によりまして王舎城の悲劇をお知りになりました。

そこでお釈迦様は、お弟子の中から神通力第一の目連《モクレン》尊者と、説法第一の富楼那《フルナ》尊者の二人に、大王をお救いするようにとお命じになったのでございます。

8

そこで二人のお弟子は神通力を持って五色の雲に乗り、大王の前へとご出現になりました。

目連尊者は「大王様、苦しゅうございましょう。けれどもその苦しみから逃れるには、自らの心を正すより他に方法はございません」と、説かれます。

富楼那尊者はその教えを、弁説水が流るるが如く、獅子が吼《ほ》えるが如く説き示したのでございます。大王はこの二人の教えによりまして、心身共に苦しみの中にも、囚われの身を忘れ、心豊かに仏道精進を誓っていくのでございました。

9

一方、アジャセは「大王が生きていては奪い取った地位も心もとない。いっそ殺してしまおうか」と思いますが、父親殺しの悪名を後の世にのこすことをはばかり、餓死するか自殺することを願いながら、二十一日経った日に牢へと向かったのでございます。アジャセは門番に尋ねます。「父王はまだ生きているか」

門番は恐る恐る答えます。「厳しく監視をしておりますが、イダイケ夫人様は毎日のようにお越しになり、その上どうやら食べ物を運んでいらっしゃるようでございます。また二人の坊様が空中から飛んできて、説法をしていらっしゃるようでございます。そのため大王様はお顔の色もよろしく、しごくお元気でいらっしゃいます」

我が意に反した門番の報告に、アジャセは怒り狂って、足音も荒々しく門の中へと入っていくのでございました。

10

アジャセ王は真っ先に、母イダイケ夫人を見つけるなり、刀の柄に手を掛けて切りかかろうとしたのでございます。

その時、耆婆《ギバ》、月光《ガッコウ》の二大臣が前に進み出て申し上げました。「昔から、早く国王になりたいがために、父王を殺したという方は、一万八千人もおいでになると聞いておりますが、母君を殺すなど未だかつて聞いたこともありません」そして二人は刀の柄に手を掛けて、実力でこれを阻止しようと身構えたのでございます。二人の気迫に押されて、アジャセは母を殺すことをやめ、父王と同じく七重に囲まれた牢に閉じ込めてしまったのでございます。

11

幽閉されたイダイケ夫人は憂い悲しみ、はるかに耆闍崛山に向かって一心に願います。「どうぞ目連尊者、阿難尊者のお二人をお差し向けくださいませ」そこでお釈迦様は、イダイケ夫人の心中をお知りになり、二人のお弟子を王宮に向かわせられたのでございます。

12

続いて、お釈迦様ご自身が王宮へお出ましになったのでございます。

イダイケ夫人は、思いがけず目の前に仏様を拝見しまして、我を忘れて顔を地に伏せ、苦しみを申し上げたのでございます。「ああ、お釈迦様、私はなぜこのようなつらい思いをせねばならないのでしょう。なぜ我が子のために囚われねばならないのでしょう。どうしてあのような悪い子を産んだのでしょう」

イダイケ夫人は、「この世にもう何の望みもありません。ただただ苦しみの娑婆を逃れて、浄土を願う心で一杯でございます。お釈迦様、どうぞ私のために憂い苦しみのない所、安住の地をお教えくださいませ」と、心の奥底から願ったのでございます。

13

そこでお釈迦様は、イダイケ夫人のために十方の浄土を現されます。放たれた光明の中に九つの宮殿が見えますが、これらの宮殿の扉は皆閉ざされています。けれども、最後に見せられた浄土の宮殿の扉は開け放たれ、他の浄土には見られない親しみと近づきやすさがあることに気づいたイダイケ夫人は、思わず「この浄土なら。この浄土こそ」と、お釈迦様を拝み、それが阿弥陀如来の西方極楽浄土であることを知らされるのでございます。

14

イダイケ夫人の願いを聞かれたお釈迦様は、イダイケ夫人、阿難尊者、目連尊者に教えを説かれます。お釈迦様は、まず阿弥陀三尊のお姿を空中に現されます。阿弥陀如来を中心に、向かって右が観音菩薩、左が勢至菩薩でございます。

そこでイダイケ夫人はお釈迦様にお聞きいたします。「私はお釈迦様のお力によりまして阿弥陀様を見せていただけましたが、未来の人々はどのようにして阿弥陀様を拝むことができるのでございますか」その問いに答えて、お釈迦様は極楽浄土を観る方法を説かれ始めるのでございます。

定善義（左の縁）

1

極楽を観るには十三通りの方法があると、お釈迦様は仰せでございます。

その第一は日想観でございます。お釈迦様は、極楽浄土に往生しようと願うなら、まず心を静めて太陽が西に沈む様を見よ。極楽は日の沈む西の世界にあると、お教えになっているのでございます。

2

第二は水想観でございます。水と氷の清らかさを心に思い描きなさい。極楽はその清らかさで満たされているとのお教えでございます。

3

第三は宝地観でございます。ここからは現実を離れて、心の中に極楽を観る方法でございます。極楽の大地は無数の美しい宝石でできているのでございます。その上に建つ宮殿もまた宝石でできており、空には楽器が妙なる音楽を奏でているのでございます。

4

第四は宝樹観でございます。

極楽の大地に生える樹も、やはり宝石でできているのでございます。この宝樹には網が掛かっておりますが、これは阿弥陀様が私共を一人ももらさず、お救いくださるということなのでございます。

5

第五は宝池観でございます。

お釈迦様は極楽の蓮池の様を、心に思い描きなさいとお教えでございます。この蓮池の前には四本の菩提樹がございますが、これは行住坐臥《ぎょうじゅうざが》、つまり一日中念仏を忘れるなとのお教えでございます。

6

第六は宝楼観でございます。

極楽の宮殿の有様です。中央にありますのは阿弥陀様の宮殿でございますが、阿弥陀様は今、私共衆生をお救いになられるためにお出かけになっており、お姿が見えません。勢至菩薩が琵琶を奏で、観音菩薩が踊っておられます。

7

第七は華座《けざ》観でございます。

これは阿弥陀様がお座りになられる蓮華座でございます。これもまた美しい宝石でできており、その上から真珠をちりばめた網が掛かっているのでございます。

阿弥陀様は、やはりお出かけになっており、お姿が見えません。

8

第八は形像《ぎょうぞう》観でございます。

仏像によって仏様のお姿を心に思い描きなさい。仏様はその思う心の中に、お姿を現されるのでございます。

ここには阿弥陀三尊が描かれております。向かって右が観音菩薩、左が勢至菩薩でございます。

9

第九は真身《しんじん》観でございます。

阿弥陀様の真のお姿を心に思い描きなさい。阿弥陀様のお体は、六十万億那由多恒河沙由旬《なゆたごうがしゅゆじゅん》もあって、その偉大なお姿はどこからでも拝することができるのございます。それは阿弥陀様のご慈悲が、広大で計り知れないということなのでございます。

10

第十は観音観でございます。

観音菩薩のお姿を心に思い描きなさい。ここには我々衆生が輪廻する六道、つまり地獄、餓鬼、畜生、修羅、人間、天の六道が描かれております。観音様はこの六道のいずれにもお姿を現され、苦しむものたちをお救いくださるのでございます。

11

第十一は勢至観でございます。

勢至菩薩のお姿を心に思い描きなさい。菩薩からは十本の光が放たれておりますが、これは四方八方に上下を加えた十方、つまり、全宇宙を照らして隈なくお救いくださるということなのでございます。

12

第十二は普往生観でございます。

自分自身が極楽に生まれる様を思い描きなさい。私共は極楽に生まれる時、蓮池の蓮のつぼみの中に座っているのでございます。そしてそのつぼみが開くと、あたりは美しい光に満ち溢れ、周りにはたくさんの菩薩がおいでになるのでございます。

13

第十三は雑想観でございます。

阿弥陀様が、娑婆にお迎えに来られる様を心に思い描きなさい。阿弥陀様はそのお体を、一丈六尺に縮めまして、この世にご出現になられるのでございます。

散善義（下の縁）

1

このように極楽を思い描くことによりまして、誰でも極楽に往生することができるのでございますが、それには九品《くほん》と申しまして九つの場合がございます。

その九品とは、向かって右より上品上生、上品中生、上品下生、中品上生、中品中生、中品下生、下品上生、下品中生、下品下生の九つでございます。

この内上品と中品は善人の往生、そして下品は悪人の往生、つまり私共一般の往生でございます。

2

下品上生とは、十悪を犯した人でございます。

その十悪とは、一つ生き物を殺す、二つ物を盗む、三つ男女の不倫、四つ悪口を言う、五つ二枚舌を使う、六つ嘘を付く、七つお世辞を言う、八つ欲が深い、九つ腹を立てる、そして愚痴を言う、の十の悪でございます。

3

下品中生とは、ただいまの十悪よりもっと悪いことをした人、つまり地獄行き間違い無しの人でございます。けれども臨終の時、阿弥陀様は地獄に落ちる危機一髪のところで、大慈悲をもってお救いくださるのでございます。

4

下品下生とは、母親を殺したり、お坊さんを殺したりという、極悪非道の大悪人でございます。

こんな人でも臨終の時、阿弥陀様のお導きによりまして、極楽に往生できるのでございます。

玄義分（中央八重）

このようにしてお釈迦様の説法を承ったイダイケ夫人は、たちまち無生法忍《むしょうほうにん》という悟りを開き、極楽浄土に往生したのでございます。

さてこちらがイダイケ夫人が往生し、また私共が往生できる極楽の有様でございます。極楽の教主は阿弥陀如来、左右のお弟子は観音菩薩と勢至菩薩。そしてその周りには、大勢の菩薩がおいでになるのでございます。その背後には、たくさんの七宝の楼閣が連なっております。

そして、空には象に乗った普賢菩薩、獅子に乗った文殊菩薩を初めとする聖衆《しょうじゅ》が飛来し、楽器が妙なる音楽を奏でているのでございます。また曼陀羅華《まんだらけ》の花がはらはらと降り注いでおります。

さて、九品往生の内の上品上生の人が生まれるのは、阿弥陀様の御前の台の上でございますが、上品中生から下品下生までの人は、蓮池の蓮のつぼみの中に生まれるのでございます。中でも、下品中生と下品下生の人のつぼみは固く、何億年も開かないということでございます。その蓮池の前では、十人の菩薩と八人の童子が、極楽往生をたたえて音楽を奏で、それに合わせて舞っているのでございます。

極楽に生まれた者たちは、阿弥陀様を父として拝み、自分はその子となるのでございます。そして宝樹の元で阿弥陀様の説法をお聞きし、心身ともに安らかになっていくのでございます。

極楽の有様、簡単ではございますがこの辺にいたしまして、中将姫のために阿弥陀様と観音様が織り上げられたという、『観無量寿経《かんむりょうじゅきょう》』の曼陀羅のお絵解き、以上で終わらせていただきます。

「六道地獄絵」の絵解き

林　雅彦

一

全国各地に伝わる「地獄絵」の類は、かつて正月十五、十六の両日と、孟蘭盆会の七月十五、十六日、所謂「地獄の釜の蓋が開く」時に展観に供され、寺院によっては、絵解きされたのであった。長野市北石堂町の苅萱山西光寺（浄土宗）に伝来する「六道地獄絵」も又、その例外ではなかったと思われる。

二

西光寺には、周知の如く、従来から絵解きに使用されてきた江戸時代前期制作の「苅萱道心石童丸御親子御絵伝」（絹本）一幅と、昭和五十八年秋の調査時に見付けた江戸中期の作と思しい別種の「御絵伝」（紙本）一幅[1]とがある。住職夫人竹澤繁子氏は、この異種の二幅を一貫した物語と見立ての絵解きを自ら考案され、平成三年（一九九一）三月、公けの場で初めて絵解きされたのであった。その後、南部神楽狂言の台本作者・佐藤正行氏によって、あらたに絵解き台本が制作され、同年八月の「かるかや縁日・芸能鑑賞の夕べ」では、恒例となった「御絵伝」絵解きを、佐藤氏の台本に則って口演されたのである。爾来、この台本に基づく絵解きが随時なされている。

三

件の「六道地獄絵」（紙本、六幅一具）も、別本「御絵伝」と同様、昭和五十八年秋の筆者が西光寺を調査した際に、再発見した掛幅絵である。

明治七年（一八七四）三月、苅萱山西光寺五十三世積誉説善師の手に成る「当寺什物之記」によれば、「六道地獄絵」は「宝物」のひとつとして、

地獄曼陀羅　竪六尺五寸紙地彩色天地紺絹外廻り水色
横二尺一寸二分天地柿色軸□　六幅

の如く、記されている。又、年記はないが、五十六世町田大雲師の記した「社寺取調書上（仮称）」においても、簡略ながら、

一　地獄曼陀羅　六幅

とあり、同様の記事は、同じく町田大雲師が書き留めた明治二十五年十月現在の「仏像宝物土地建築取調帳」にも、

一　地獄曼陀羅　六幅

と明記されている。即ち、幕末から明治期にかけて、この掛幅絵が「地獄曼陀羅」と呼称されていたことが知られるのである。しかしながら、六幅中の第一幅目には、下から上へと六道界が描かれているところから、再発見の昭和五十八年秋以降、「六道地獄絵」と通称するようになった（因みに、第二幅以下の五幅には、地獄道の諸相が描かれている）。

四

ところで、この「六道地獄絵」については、坂井衡平氏の大著『善光寺史』下巻（東京美術、昭和四十四年五月）所収西光寺関係の記事中でも言及されておらず、永年にわたって人々の眼に触れなかったものと思われる。

　傷みが甚だしいため、修覆が火急の要である旨、竹澤俊雄・繁子住職夫妻に進言したところ、檀家の小口一夫・みき夫妻が御子息の追善供養のために修覆して下さることとなり、かくして、平成三年三月彼岸の日に開眼供養が執り行われた。そして、七年に一度の善光寺御開帳に合わせて、西光寺でも御開帳がなされた際、同寺悉皆調査の成果の一端として、近世資料の特別公開の期間中（平成三年四月二十八日〜五月五日）、宝物殿において、私を中心に渡浩一・高達奈緒美・松岡俊の諸氏が「六道地獄絵」の絵解きを行い、多くの参観者に興味・関心を抱いて頂くことが出来たのである。

　前後するが、この修覆する以前の各幅裏書には、

　　慶応二丙寅
四月吉日(2)
萬（ママ）陀羅六幅之内
西光寺什物　達丈代
修覆奉納
施主
　大塚　宮下盛之助
　問御所　山寄喜兵衛

西之町
早川与吉

とあり、既に幕末に傷みが激しかったので、修覆がなされ、慶応二年（一八六六）四月八日の釈迦の誕生会に、修覆開眼供養が営まれたことが知られる。従って、平成三年三月の修覆は、[3]百二十五年ぶりのことだったのである。

おおよその成立年代は、一七〇〇年代後半頃かと推察される。昭和五十八年再発見時の大きさは、各幅共縦約百二十九・五センチメートル、横約五十六・五センチメートルであった。

五

前記平成三年春の西光寺御開帳の際の、近世資料特別公開最終日の夜遅く、静寂を取り戻した宝物殿で、私の絵解き擬《もどき》をビデオに収録した。その後、繁子夫人は、このビデオを参考に、「六道地獄絵」六幅の絵解きを復活すべく精進に努められ、平成三年九月六日、西光寺の大施餓鬼会の席上で初めて「六道地蔵絵」絵解きを披露されたのである。短時間の習得にも関らず、見事な出来栄えだった。私もその末席を汚し、ビデオに収めさせて頂いた。

翌平成四年からは、八月十二日の「お花市」と呼ばれる盆花の市の夜、この「六道地獄絵」を絵解きするのが習わしとなったのである。又、請われれば、随時絵解きして下さる。[4]

その後、平成九年四月、長野県佐久町在住の日本画家・新海輝雄氏によって、新しい六幅が作成されたことを申し述べておく。

近々繁子夫人のために、「六道地獄絵」の絵解き台本を書き下ろしたいと念じているが、この八年間に、「六道地獄絵」の絵解きも繁子夫人特有の型が出来上がりつつある。そこで、ここに夫人の語りを翻字し、大方に供することとした。

〔注〕

（1）原態は複数幅（何幅かは不詳）であった。拙稿「新出『苅萱道心石童丸御親子御絵伝』絵解き―苅萱山西光寺・別本掛幅絵の発見とその絵解き復元をめぐって―」（『絵解き研究』9号、平3・6）参照。

（2）第一幅及び第三幅の裏書では、「四月八日」と明記されていた。

（3）少くとも二回目の修復となる。

（4）ただし、予約が必要である。

【六道地獄絵】（西光寺）

口演…竹沢繁子

西光寺蔵「六道地獄絵」第一幅

第二幅

第三幅

第四幅

第五幅

第六幅

【第一幅】

それではこれから、「六道地獄絵」のご案内をさせていただきます。

仏教では、六道界を輪廻するという、「六道輪廻転生《ろくどうりんねてんしょう》」と昔から言われているわけでございます。六つの世界を廻り巡るということなんですけれども、それがこの一幅に描かれているのでございます。それでは、その六道というのは何かと言いますと、地獄、餓鬼《がき》、畜生、修羅《しゅら》、人間、天界、この六つの世界でございます。

まず、こちら。これは、三途《さんず》の川を渡る場面でございます。三途の川は、初七日から二《ふた》七日目に渡る間にあるとされます。渡り方に三通りございまして、一つは橋を渡れる人、深いよどみを渡らなければならない人、そして真ん中を何とか渡ることができる人。これは因果応報と言いまして、この世の行いによって必然的に決まるということでございます。

この絵を見ますと、この橋を渡っているのはお坊さん。お坊さんは明治の初め頃まで、浄土真宗を除いて、他宗のお坊さんは肉食妻帯《にくじきさいたい》は禁止され、善行《ぜんぎょう》を積むということで、この橋を渡り、極楽往生ができると言われたわけでございます。また、深いよどみを渡っているのは、極悪人ということなんですね。悪事ばかりを重ねた人。

これは、大蛇。大きな蛇とか、あるいは獣などがおりまして、この亡者に襲いかかると言われております。

また、こちらでは、これから渡ろうとする男女、橋を渡っているお坊さんを見上げております。前世で悪いことをしてこなければよかったなと涙を流しながら、見ている様子ですけれども、後悔先に立たずといったところでございましょうか。

そして、無事に渡り終えたといたしましても、向こう岸には、地獄の鬼ですね、それが待ち構えておりまして、棍棒《こんぼう》で殴りかかるということのようでございます。あるいは、獣が待ち構えていて、襲いかかると言われております。これが、地獄の入り口ということになりましょうか。

そしてこちらが、餓鬼道と言うことになります。餓鬼道に堕《お》ちる人はどんな人か。これは、欲張りをしたり、それから、人の悪口を言ったり、ものを盗んだりすることもそうですけれど、欲ばっかりかいている人は、こんな餓鬼道に堕ちなければならないようでございます。

ここに、一人の男性の亡者、ご飯を食べようとしておりますけれども、このご飯、火を噴いているんです。ご飯を食べようと思ったところが、火が噴き出している。また、水を飲もうと思っても、その水が火となってしまう。食べようと思う、あるいは、飲もうと思っても、それは口に入れることができません。

飢えの世界ということなんです。

そして、こちらへ来まして、これは木の実を採ろうとしている亡者です。赤い木の実を採ろうと。ところが、木の実の精が怖い顔をして睨《にら》んでいるんです。木に登ることも、木の実を採ることもできません。

そして、ここに、大変珍しいんですけれども、これは昼夜、五人の子を産み、自分の子を食べるという餓鬼です。足元に二、三人でしょうか、子どもをしっかり押さえつけておりますね。そして、一人の男の子の左腕にガブリとかぶりついている様子。恐ろしい餓鬼の姿でございます。

それからこちら、大変珍しいんですが、これは食べるものがなくて、仏具だと思うんですけれども、金具のようなものを持っております。自分の頭をたたき割り、自分の脳みそを食べるという、これも非常に恐ろしい餓鬼の世界。私たちは結構、欲張りの心があります。この餓鬼道にも当然堕ちていかなければならないのではないでしょうか。

こちらへ来まして、畜生道となっております。畜生道、ここは、生前生き物を殺した者が、堕ちていくと言います。

ここにですね、牛馬、顔は人間の顔をしております。おそらく人が、こちらが牛でしょうか、角を生やしておりますね。畑で田（土）を耕すとか、あるいは重い荷物を運ばせる。むちをビシリと立てる。それだけでもこの畜生道に堕ちていかなければならないと、このように言われております。

それから、こちらには、大きな蛇に男性がひとり頭から飲み込まれようとしております。これはおそらく、蛇を殺し食べたんではないでしょうか。あるいは、たくさんの蛇を殺し、商売にでもしたのでしょうか。逆に自分が蛇に飲み込まれていくところが描かれております。

そしてこちら、これは弓矢がございますので、明らかに狩人ですね。おそらく、多くの獣を殺し、商売にしたのではないかと思われます。この狩人、衣服を着けているんです。ということは、この初七日から、ふた七日目、そこへ行く間に、奪衣婆《だつえば》といいまして、衣を剝《は》ぎ取るお婆さんが待ち構えているんですが、そのお婆さんに行き会っていないわけです。いわゆる三途の川を渡っていない。この現世から畜生の世界へと、真っ逆さまに堕ちていったという様子が、ここに描き出されているのでございます。

また、身近なものでは、ここに犬が描かれております。犬や猫をいじめたり殺したりすると、自分もこんな目に会うよと。同じように、自分もあの世に逝ってから、今度は犬や猫に生まれ代わらなければならないと、このように説かれております。

さて、こちらへ来まして、修羅道となります。修羅場なんて言いますと、戦いの場面など言いますけれども。夫婦の修羅場と言いますと、夫婦げんか。闘争心の強い人もそうそういないでしょうけれども、夫婦げんか、親子げんか、兄弟げんか、親戚の諍いです。そんなことしますと、この修羅道に堕ちると言われております。

こちらに来まして、人道となります。ちょっと色が薄いんですが、蛙が一匹、二匹の蛇にぐるぐる巻きにされているんです。これから飲み込まれようとしているところ。

ところが、その蛇を猪が襲って食べているわけです。

さらに、その猪を、今度は人間が木の上から弓矢で狙いを定めております。

しかしながら、またその人間を、その木のもっと高いところから地獄の鬼が、大きな槍で貫こうとしているところ。人間の浅はかな様子がここに描き出されているわけでございます。これが人道。

そして、一番程度がいいとされます、こちら天人の世界でございます。天人の世界にも、やはり人間と同じように物欲心とか、それから闘争心などがございます。これは、阿修羅と帝釈天が争いをしている場面なんですけれども、ひとりの女性をめぐって、数千万年も争うといったところが、ここに描き出されているのでございます。

このように、地獄、餓鬼、畜生、修羅、人道、そして天道、この六つの世界がこの第一幅目に描かれております。

そして、怖いもの見たさで、この地獄の世界ですね、一番恐ろしいとされる地獄の世界、これが、こちら五幅に描かれているわけでございます。地獄の世界には、大きく分けまして三通り、八大熱地獄、それから八寒地獄、それと独り地獄というのがございます。八大熱地獄の中に門が四つずつ、そしてその中に小さい門がまた四つずつ、合わせて八大熱地獄の中には百三十六種類もの地獄があると言われます。同じように八寒地獄の中にも百三十六、独り地獄というのは、あまり語り伝えられておりません。

【第二幅】

さて、それでは、こちらから参りたいと思います。

我々はほとんど地獄へ堕ちると言われますけれども、殺生《せっしょう》、盗み、邪淫戒《じゃいんかい》を犯した人、それからお酒を飲んだ人、嘘をついた人、また、悪口を言ったり、欲をかいたり、妬《ねた》んだりすると、地獄へ堕ちるということで、我々、みんな体験しなければならない場面が、ここにあります。ただし、百三十六地獄のうちのほんの僅かが、ここに描かれているのでございます。

さて、こちらへ参ります。ここに、三人の男女、裸にされております。いわゆる三途の川を渡りました。そして、奪衣婆に衣を剝《は》ぎ取られたんですね。

ですから、これは二《ふた》七日目、初江王《しょこう》のもとでは、書類審査をされるわけです。お前はこういうことをしたな、こんな悪いことをしたなと審査されます。そして、地獄の鬼によって、お前はあっちだ、お前はこっちへ進めと指差しをされ、地獄の鬼に追われて針の山をかけ登るといったところでございます。針のむしろなんていうのは、こんなところから出たのかもしれません。そして、いよいよ地獄の様が、ここから描かれております。

これは、叫喚地獄と言います。叫喚地獄に堕ちる人はどんなことをした人か。これは殺生をした人、盗みをした人、邪淫戒を犯した人、そして、お酒を飲んだ人が堕ちていくんだそうです。煮え湯を飲まされるといった言葉がございますけれども、まさにその通りだと思います。真っ赤に焼けた銅の汁、それをやかんに注ぎ、ひとりの亡者の胸倉をしっかりと押さえつけ、その口に、焼けた銅の汁を流し込むという、五臓六腑《ごぞうろっぷ》を焼き尽くすというものでございます。

こちらは、どうも人間のバーベキューのようなんです。大きな網の上で、三人の男女が後ろ手に結わえられまして、転がされております。そして、おもしろいことに、地獄の鬼が大きな団扇《うちわ》、これでこの火の火勢を強くしようと一所懸命煽《あお》いでいる様子が描き出されております。また、もう一人の鬼ですね、他所で仕事をしていたんでしょうか。

「オーイ、俺も手伝うぞ、一人くらいは俺にくれよな」

と言っているところでしょうか。叫喚《きょうかん》地獄の一コマとなります。

【第三幅】

つぎに、第三幅に移ります。

これは、黒縄《こくじょう》地獄となります。上から二番目の地獄ですが、殺生と盗み、それから投身自殺をした人なども、この地獄に堕ちると言われております。

ここには、真っ赤に焼けた柱、鉄の柱が二本でております。そこに、やはり真っ赤に焼けたロープが張られています。そして、その柱、あるいはそのロープを地獄の鬼に追われてよじ登る者。伝い登る者。ところが背中に石のようなものをみんな背負っているんです。この石は何か。これは自分の罪の重さです。

罪の重さと、そして、下から真っ赤な炎で炙られ、この熱さに堪えかねて、この黒縄地獄へ堕ちていくということでございます。

そしてこちらに、鬼が二匹おります。

堕ちてきた亡者を、鋸のひん曲がったようなもの、あるいは、これは鉄の斧、みんなこれも真っ赤に焼けているものです。それらによって、ズタズタに切り砕くと言われております。黒縄地獄の一コマとなります。

こちらへ来まして、衆合地獄。これは、殺生、それから盗み、それから邪淫戒を犯した人が堕ちていく、淫乱な人が堕ちていく地獄なんです。地獄の釜、大きな釜に湯が熱せられております。その中に数人の亡者が、料理でもされるかのごとく、煮詰められていると言うんですか、助けを求めている様子が、ここに描かれております。

こちらは、兎の餅つきさながら、人間の餅つきとでも言いましょうか、ミンチにされているところです。大きな臼の中に多くの亡者が詰め込まれ、そして大きな杵でつかれているところでございます。おもしろいことには、この鬼が大きな箕を持ちまして、中で潰された肉片、骨などをあちらこちら、パッパッと撒き散らしているんですね。衆合地獄の一コマ。

その中で、また一つ一つ細かに描かれているのは、こちらでございます。

これは、刀葉林《とうようりん》と言います。どんな「地獄絵」にも必ず出て参ります。「刀の葉の林」と書き、女性の後ばっかり追いかけていた男性が堕ちていくというものなんです。男性の方はおそらく身に覚えがあるんではないかとおもいますが、よく、見ておいてください。ここに一人の女性、美しい女性がいます。木のてっぺんで手招きをしております。いらっしゃい、いらっしゃい。一人の男性が、この女性に近付こうとこの木を登り始めました。ところが、この木の葉っぱ、刀の刃のように鋭いという。ですから、当然、自分の体、筋は切られ、そして肉は裂かれ、それでもこの木を懸命に登るわけです。漸く辿り着きました。ところが、この女性、忽然と消えて、いないんです。ふと下を見ると、下の方で、今度はこっちへいらっしゃいよ、としきりに手招きをするそうです。今度、下へ降りようとするんです。ところが、これが逆に上を向く……。ですから、当然また降りていこうとすると、その木の刃、葉っぱの刃によって、ズタズタに切り裂かれるわけです。それでも降りる。ところがこの女性は、幻のごとく、上へ下へと移動いたします。その木を懸命に上ったり下ったりし続けるという、刀葉林という大変おそろしい地獄でございます。

それから、こちらへ来まして、これは、男性が蛇にぐるぐる巻きにされているんです。おそらく、二人の女性を騙したんでしょう。この二匹の蛇、顔は人間の顔をしております。角《つの》を生やし、怖い顔をしておりますね。おそらく、ひとりが本妻か、あるいは片一方がお妾《めかけ》さんか。これは分かりませんが、いずれにしても、生前、女性を泣かせた男性、こんな目に遭うということでございます。

それから、こちらへ来まして、これは大変珍しいんです。釣鐘の中に体を半分隠している男性がおります。頭隠して尻隠さずといったところでしょうか。安珍清姫、娘道成寺の話、思い浮かびませんか。安珍が釣鐘の中に身を隠す、全くそれとおなじなんですね。ところが、この鐘の廻りにはやはり大きな蛇がとぐろを巻いております。巻き付いているんですね。そして下からも、当然この男性の体にズルズルと登っていく蛇の様子が描かれております。この女性の怨念《おんねん》というのは、この蛇によって描かれているようでございます。

さて、こちらへ参りますが、これがまた非常に珍しい、特徴のあるものです。お坊さんが、地獄へ堕ちていくんです。お坊さんは、三途の川を渡る時に、橋を渡り、極楽往生が出来ると言われていますけれども、ところが、このお坊さん、邪淫の罪を犯しております。女性を騙し、妊娠させてしまったわけですね。ところが、こればかりは女性も悪いということで、大きなおなかをした女性と、それから僧服を着たお坊さん、二人は地獄の鬼に引っ張られ、これから衆合地獄へ堕ちていくというものでございます。お坊さんが地獄へ堕ちていくというのは、「立山曼荼羅」の中に、お賽銭《さいせん》を自分の懐に入れてしまったお坊さんが地獄に堕ちていくというのがあります。

それから、これは等活《とうかつ》地獄と言います。一番軽い、一番上にある地獄なんです。真っ赤に焼けた火の柱。これを懸命に抱きかかえております。抱きかかえているというよりも、離れることが出来ないんです。手も金具で止められています。ですから、この火の柱から離れることが出来ない。生涯この柱を抱き続けると言います。等活地獄の一コマ、火柱を抱く女とでも言いましょうか。

【第四幅】

そして、いよいよ三十五日目。こちらは閻魔《えんま》大王の庁舎となります。ここは、嘘をつくと閻魔様に舌を抜かれるよ、ということなんですね。嘘ばっかりつくと、閻魔の庁舎にすぐ送られまして、浄玻璃《じょうはり》の鏡、それから罪をはかる業秤《ごうばかり》、罪状秤というものにかけられます。

もうひとつ、これは人頭杖《にんずじょう》と言います。「人の頭の杖」と書きます。片一方は赤い顔、そして片一方は白い顔。この男性の方は悪を見通し、白い顔は女性ですが、女性は善を見通すと言われております。これらが、この閻魔の庁舎には置いてございます。

ここに、どうも大陸か朝鮮半島の服装をしている人が描かれています。こういった絵がどういう経路で日本に入ってきたのかということが、こういう例で分かるようです。四、五人審判の順番を待っているところです。

そして、ここには首枷《くびかせ》手枷《てかせ》をはめられた亡者、てんびん秤に乗せられました亡者。向こうには大きな石。あまり大きな石ではないんですが、亡者の罪が重いんです。この片一方の皿には亡者が乗っかるんですけれど、その罪の重さによって、この石が持ち上がってしまいます。悪いことをして来なければよかったなあと、自分の罪の深さに涙を流している亡者が、ここに描かれております。

それからこちらには、司録といいまして、閻魔様の側近で、記録をする人です。司録と司命とつまり記録する人と、それから読み上げる人。これはどうも、筆を持っておりますところから、司録だと思います。そして、お前はこういうことをしたな、ああいうことをして来たじゃないかと。ところが、その前では、手をすり、足をすり、ゴマをすっているんです。そんなことしておりません。全くそんな記憶ございませんと、懸命に嘘をつくんですね。嘘ばかりつくと、浄玻璃の鏡の前へ引っ張り出されます。そして、ここに映る姿。これは、前世での善いこと悪いこと、心の中の悪だくみまで映ってしまいます。ここに映った姿はどうでしょうか。殺生の中で最も悪いという、お坊さんを刺し殺しているわけです。鬼に首根っこを押さえられまして、この鏡を凝視させられている様子が、ここに描かれております。

そして、この閻魔王庁の階段を上り、閻魔様に審判を受けるわけでございます。ここで決まった罪状、これは非常に重い罪となりまして、阿鼻無間《あびむげん》の地獄という所へ、一番下の恐ろしい地獄へ堕ちていかなければならないと言われております。

【第五幅】

それでは、第五幅目へ参ります。これは無間地獄です。阿鼻叫喚の地獄でございます。この無間地獄、ここは、とにかく炎、炎、炎の地獄と言われております。この四方には鉄で出来た何か大きな獣がいるんだそうです。そして絶えず、この阿鼻城の中に炎を吐きかけ続けていると言われております。

ここに、大きな地獄の門がございますけれども、そこに火の車に乗った男女、わが家は火の車などとよく使いますけれども。我々もこの火の車に乗るんじゃないかなと思うんです。青鬼に引っ張られまして、大きな門に向かっております。

それからここに、一人の女性、着物を着ております。黒雲に乗って、鬼に横抱きにかかえられまして、阿鼻の大きな門へ入ろうとしています。この着物を着ているというのは、先程もありましたけれども、いわゆる三途の川を渡らず、十王に裁かれることもなく、奪衣婆に衣を剝ぎ取られることもなく、審判されることもなく、此の世から、この無間地獄、阿鼻叫喚の地獄へ真っ逆さまに堕ちて来たというところが、この状態なんですね。二千年かけて真っ逆さまに堕ちて行き、ようやくこの阿鼻城に辿り着くと言われております。

それからここに、嘘つきの絵が出て参ります。後ろ手に男性が括られております。そして舌を引き伸ばされました。鬚が一本もないように、大きく広く舌を引き伸ばされるわけです。そして、その舌に百本の鉄の杭を打ち付けられるというものなんですね。ここには、鳥が三羽ほど何か餌《えさ》を啄《ついば》んでいます。よく見ます「地獄絵」、そこには田を耕す鋤《すき》という耕作道具がございます。ころころと転がして、牛がそれを引く。その耕作道具の後ろを、鬼が支えているといった絵が、この嘘つきの舌の上に描かれているわけです。いわゆる、田のように、大きく広く舌を引き伸ばされるということなんですね。嘘をついちゃいけないよ、嘘をつくとこんな目に遭うよ、昔は子どもたちにこういった絵を見せながらしつけをしたものと思われます。

ここには、顔を三つ持つ鬼がいます。赤い顔と青い顔、そして、白い顔。それぞれ見通す部分が違うと言われます。こちらには青鬼がおります。これらの鬼は、ヤットコのようなもので下顎を押さえます。そして、青鬼は同じような道具で上顎をも押さえ、口を一杯開かせまして、その口の中に真っ赤に焼けた鉄の玉、それを押し込むという。やはりこれも、五臓六腑を焼き尽くすというものでございましょうか。

そしてここには、女性が一人、鬼に鉄の金棒で頭を叩き割られようとしておる様子でございます。また、上からは絶えず火の玉がえんえんと降り続けるというものなんですね。この火の玉ひとつでこの地球をそれこそ無いものにしてしまう、というほどの威力があるといいます。

【第六幅】

さて、最後となります。

こちらへ来まして、漸く奪衣婆が出て参りました。衣を剝《は》ぎ取るお婆さんなんです。本当はこの奪衣婆、一番最初、この三途の川を渡ってすぐに描かれているべきですけれども。ここに三途の川を渡ってきた亡者がおります。奪衣婆に衣を剝ぎ取られ、この木の枝に懸けられるというものなんですね。

ちょっと色が落ちてしまっております。あちこちへ出開帳したものですから、おそらく雨にうたれ、水に濡れたりしたんでしょうか。ここに獣が一匹描かれていますけれども、全く消えかかってしまっています。奪衣婆、そして、川を渡ってくる男性の亡者がおります。

その近くに賽《さい》の河原《かわら》。賽の河原というのは、赤ちゃんや子どもが堕ちていく地獄なんです。赤ちゃんや子ども、罪もないのに何故。罪があるんですね、大きな罪。親より先に逝《い》くという、逆縁という罪になります。親兄弟を泣かせるということなんです。で、ここでは、子どもの遊びのようなものですが、石積みをいたします。「一つ積んでは父のため、二つ積んでは母のため、三つ積んでは兄弟回向《えこう》のため」と歌いながら、この石を積むんです。ところが、鬼が出てきて、この石を崩す。金棒で崩すんですよ。それをまた、一所懸命積み重ねる。ところが、またそれを崩す。鬼もいたいけな子が懸命にこの石を積むのを崩すんですから、自分も言い訳をするそうです。俺が悪いんじゃないよ。お前たちが親よりも先にこういう所に来たからと、そう言いながら、この石を崩すそうです。ところが、ここには必ずお地蔵様が登場してくるわけです。お地蔵様はお父さん、お母さんの役をして下さいます。夕刻になりまして、父恋し、母恋しと泣く子ら。その子らがお地蔵様の錫杖、あるいは、裾、または袖に、しきりと摑《つか》まるわけです、縋《すが》るわけです。その子らを抱き上げましてあやして下さるのが、このお地蔵様。お父さん、お母さんのお役目をして下さるという賽の河原が、ここに描かれております。

それから、ひとつだけ、ここに、八寒地獄のひとつなんですが。八寒地獄も、やはり百三十六種類あるそうですが、こういったお話は、先ずインドの方で始まったわけですから、どうもこの寒さというのが、ピンと来ないのですね、八寒地獄はあまり細かく描かれておりません。ここに六角形の結晶でしょうか、その冷たい水の中に閉じ込められてブルブルと震えている男女が描かれております。八寒地獄の一コマです。

こちらへ来まして、これは血の池地獄となります。女性だけが堕ちていく地獄なんですね。月の障り、あるいはお産の後、肥立ちが悪くて亡くなった女性などが、堕ちていった地獄でございます。昔は、お産をいたしまして、翌日からまたすぐ野良に出なければならなかった。産後の肥立ちが悪く、沢山の女性が亡くなっていきました。そんな女性が堕ちた地獄、血の池地獄でございます。ところが、ここに中国で出来た偽経《ぎきょう》の「血盆経《けつぼんきょう》」を投げ入れますと、ここに堕ちた女性たちは、蓮の台《うてな》に乗ることが出来る、極楽往生することが出来ると、このように説かれておるのでございます。血の池地獄。

もう一つ、女性が堕ちていく地獄が、こちらにございます。これは、不産女《うまずめ》地獄と申します。子どもを産むことの出来ない女性が堕ちていくわけです。子どもを産むことが出来ないと、何故地獄に堕ちなければならないか。これは、子孫を絶やすという罪になるんです。また、寺側から言いますと、先祖供養をすることが出来なくなってしまうということで、この不産女地獄というところへ堕ちていかなければなりません。ここでの罪滅ぼし、竹が沢山描かれておりますけれども、この竹の根っ子、これを灯芯《とうしん》と言いまして、ローソクの芯。ローソクの芯というのは、木綿糸を沢山撚り合わせたもの、やわらかいものなんです。それでこの竹のしっかりと張った根っ子、これを掘り出さなければならない。それを懸命に手から指先から血を流しながら掘り続けるという、不産女地獄という地獄でございます。嫁して三年子無きは去れ、といった時代があったわけでございます。

さて、こちらへ来まして、最後となりますが、地獄の釜がぱっかりと二つに割れております。そして、煮えたぎった湯が中から流れ出しました。そばで番をしていた鬼に覆《おお》い被《かぶ》さっているんです。あっちぃ、あっちぃと騒いでいる様子が描かれております。また、もう一方の鬼は、アッと大きな口を開け、手をくだす間もなく、この湯が流れ出した。そしてその中には二、三人でしょうか、亡者が蓮の台に乗っております。

そして、南無阿弥陀仏、南無阿弥陀仏と称えることによって、阿弥陀様のご来迎を受けて、極楽往生をしていく様子が、ここに描かれているのでございます。

「地獄絵」、最後には大体、この阿弥陀仏、阿弥陀様が登場して参りまして、我々を極楽へと導いて下さると、このように説かれているのでございます。でも、地獄とか極楽、これは、あくまでも想像の世界、精神世界なんです。誰一人として帰ってきて、こうだったああだったと報告をしてくれる人がいないんです。ですから、死後の世界というものは、あくまでも、いわゆる謎の世界ですね。永遠の謎であるということでございます。簡単ではございますけれども、「六道地獄絵」、ご案内をさせていただきました。どうもありがとうございました。南無阿弥陀仏、南無阿弥陀仏、南無阿弥陀仏……。

枕石山願法寺の絵解き

林　雅彦

一

願法寺は、ＪＲ線牟礼《むれ》駅から車でおよそ十分程の小高い場所（長野県上水内《みのち》郡牟礼村古町新井）にある名刹で、江戸時代、親鸞聖人二十四輩第十五番大門山枕石寺から分寺独立した寺院である。

平成四年一月下旬、長野県郷土史研究会の小林一郎氏より、願法寺について、善光寺分身仏をはじめとする寺宝を携え、全国各地を出開帳して廻り、行く先々で「御絵伝」の絵解きを行った、きわめて特異な性格の寺院であること、当時の住職・日野法尊（登）師が御高齢であるため、調査・採訪が火急の要であること、など細々《こまごま》と記した手紙を頂戴した。その中には、牟礼村文化財調査委員長・矢野恒雄氏が録音されたカセット・テープも添えられていた。日野登師が四十年ぶりに絵解きされたものだった。小林氏は、雑誌「長野」に掲載された、願法寺に関する矢野氏の論文コピーも同封して下さった。そして、小林一茶の『八番日記』に「枕石山　秋の夜や祖師もかやうに石枕」の一句がある旨、教えて下さった。

そこで、四月一日、小林氏の車に便乗させていただき、願法寺へ伺ったのである。日野登師は、手書きの台本「枕石山絵指縁起」を膝の上に置きつつ、破損も甚だしい「枕石山願法寺略縁起絵伝」「信濃三勝」（各一幅、江戸時代。その後、二幅共修復された）を本堂内陣の一隅に掛け、「御絵伝」を絵解きして下さった（残念ながら登師は、平成六年五月二十六日遷化された）。

登師が八十歳を迎えられる頃からは、長女で現住職秀静師夫人の多慶子氏が、絵解きを継承されることとなったのである。多慶子夫人の精進の成果は、小林一郎・玲子夫妻の御尽力もあって、平成六年十二月、長野郷土史研究会で初めて公に披露されたのだった。筆者自身、その絵解きを視聴、ビデオ録画させていただいた。

二

「枕石山願法寺略縁起絵伝」（絹本、一幅）は、親鸞聖人が東国巡錫の折り、常陸国《ひたちのくに》久慈《くじ》の大門《おおかど》村でめぐり合わせた日野左衛門尉頼秋とのやりとりを描いた掛幅絵である。

かつて出開帳に用いた宝物は、「御絵伝」「信濃三勝」の他に、「越路御影《みえい》」と称する親鸞聖人直筆という六字の名号、「御真影」とも呼ばれる開帳仏の「枕石尊形」（親鸞聖人木像、牟礼村有形文化財）、親鸞聖人が善光寺滞在中に求めた念持仏の「善光寺分身仏」、「二十四輩絵伝」（一幅）、恵信尼と妙好禅尼とを描いた図（一幅）などであったという。

登師自身の言によれば、戦前から戦後間もない頃にかけて、出開帳を行ったという。戦後に限ってみるならば、新潟県に四回、名古屋に二回行き、東京に関してはぐるぐる廻ったとのことだった。

年月ははっきりしないが、本願寺派長野別院において出開帳したが、三日間ひとりも来なかったこともあったという。今さらながら、登師がお元気のうちに、もっと多くのことを聞き取りしておけばよかったと悔やまられてならない。

三

願法寺には、前述のごとく、「枕石山絵指縁起」と題する絵解き台本も伝わっており、〝在地伝承の宗祖絵伝〟の絵解きとして、近年大いに注目されているものである。

紙数の都合上、詳細は割愛した点が多々ある。それらについては、『宗祖高僧絵伝（絵解き）集』（共編、三弥井書店、平成八年五月刊）所収拙稿「『枕石山願法寺略縁起絵伝』の絵解き―その周辺を眺めつつ―」を併せて参照願いたい。

【枕石山願法寺略縁起絵伝】

口演者…日野　多慶子

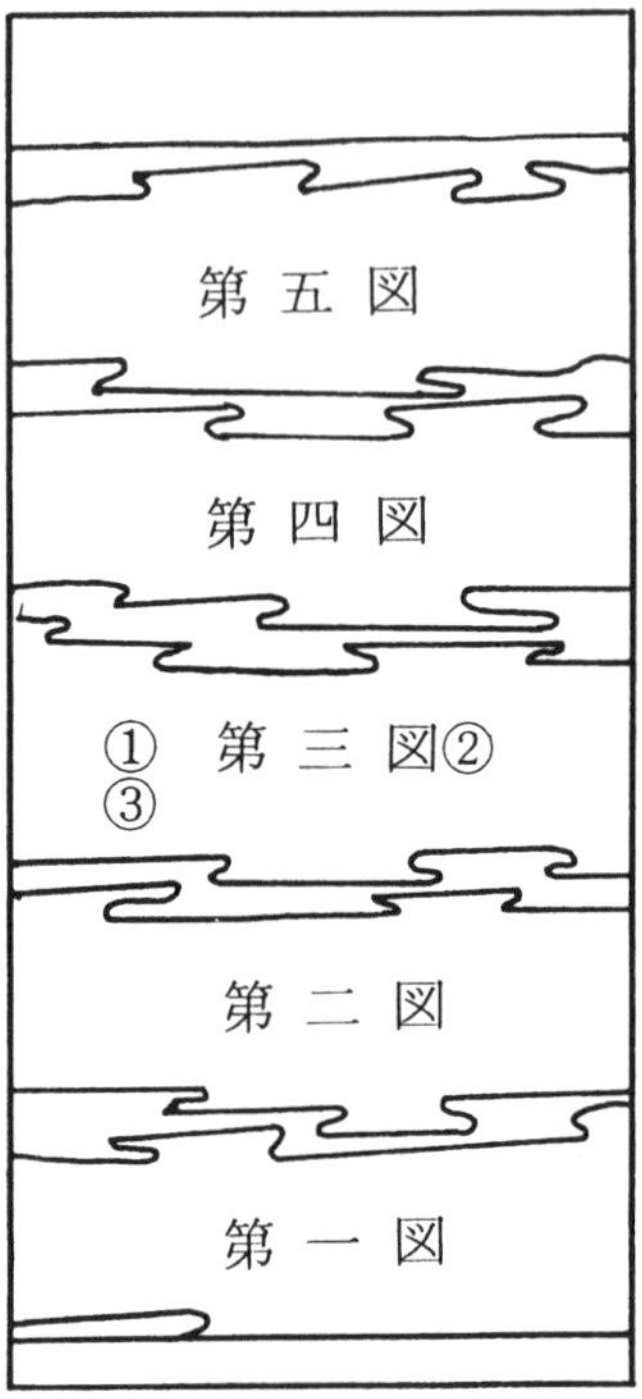

概略図

「枕石山願法寺略縁起絵伝」

此れなる一軸は、枕石山願法寺略縁起絵指《えざし》絵伝、御讃儀は御伝鈔上巻第八段目、鷹司《たかつかさ》関白普照院殿《でん》の御筆なり。御裏の儀は、善知識無上覚院殿の御成替、雲間細画讃談雪降りの模様は、霜月二十七日の暮れ六ツ時、此の段は夜の五ツ時、此の段は夜の九ツ時、此の段は二十八日明け六ツ時、此の段は極月一日《こくげつついたち》の態相《ていそう》なり。

此れなる御絵相の儀は、只今縁起において、くわしく、くわしく絵指に及べば、何《いず》れも何れも聖人御在世、越後関東の御化導に只今じきじきにもう会い奉るよと存ぜられ、御縁起を拝聴あって、御苦労の御真影《ごしんねい》へ拝礼を遂げられましょうぞ。

それ信濃国水内郡柳原の庄、太田郷《ごう》荒井村、二十四輩《よ》第十五番大法城《おおのりじょう》枕石山無量寿院六神護法本願勅賜院跡願法寺儀は、御伝鈔上巻第八段目、御絵伝二幅目の終わりに顕し奉る面授口決の御弟子、入西房道円上人は当山の開基なり。

俗姓は日野左大将頼秀の孫、正二位大納言頼国の長子、左衛門尉《さえもんのじょう》頼秋と申して、保元・平治の乱に故ありて、常陸国久慈《くじ》郡大門《おおかど》の里に隠士の身として流浪して住けり。

然るに、人皇八十四代順徳院の御宇《ぎょう》、大師御年四十歳、建暦二年壬申《みずのえさる》十一月、下間《しもづま》蓮位房の願いによって、越後国より常陸国へ衆生済度に越え給う。

各々気を留めて拝礼。

此れなる門《もん》構えの図は、伝え聞く、常陸国久慈郡大門里、日野左衛門が館《やかた》構え、此方に拝まれ給うは我が祖聖人四十歳、菅のお笠に布のお衣《ころも》、蒲《がま》の脛巾《はばき》に紫竹の杖、ごんずわらじを召させられ、笈を荷なわせ給う。此方は御本山御家老の先祖下間蓮位房、此方は当国塩崎康楽寺の開基、西仏房なり。

右二人の御弟子は御聖教《おしょうぎょう》を背に荷なわせられ、聖人のお供をして雨や雪、みぞれのいといもなく谷に下り峠に上り、称名もろとも衆生済度の御歩行の御旅姿なり。最早日も暮れ間に及べば、御三人ながら足を速めて左衛門の館に入らせられ、御開山な両手をついて、いとねんごろに一夜の宿を乞い給いけるに、左衛門頼秋、元より邪険なる者ゆえ御宿貸し奉らず。聖人曰《のたまわ》く「情け無しとよ主《あるじ》、日はすでに暮れ間に及ぶなり。他に宿借る家も無し。内にかなわずば縁のはし、雨《あま》落ちなりともくるしからず。旅は道連れ世は情け、たった一夜の事じゃほどに」としいて乞い給いければ、主大いに怒り、大の眼に角をたて、悪口雑言のはきちらし、「出家沙門の身は石上樹下がおのが住処と聞き及ぶ。しかるに宿ならぬと言うに、強いて宿借る奴はくせ者ならん」と、「己そこを退かずんば、その分には置くべきや」と、持ったる杖を振り上げて笈もくだけよと荒けなく打ち奉るにぞ、聖人の笈仏の阿弥陀如来の御手をホッキと打ち損じけるに、聖人此の音骨身にこたえさせられ、「やれやれ恐ろしや、無宿善なる者には力及ばず」とて、急ぎ門外さして逃れ出でては見給えども、頃は霜月のことなれば、雪はかきこぼすがごとく、遥か向こうを透し見給えども、しんしんとして山深く、ことに二十七日の晩な闇の夜にて、人の通い路も見えわかず、後《あと》に帰らんにも宿貸す家もなければ、しばしが程は雪の中に立たせられ、「ああ先方《せんぽう》つきたり」ややあって曰く、「無量永劫《ようごう》がその間、八寒の氷に閉じられるべき此の親鸞が身なれども、この度というこの度は迷いの打ち止めと思えば、娑婆の雪はものの数にはないものをとて、是非に及ばん事をかな、今宵一夜はここに明さんものを」と曰いて、降る雪をかき分けさせられ、石をたずねて枕とし給えしに、折りしも寒風はげしく西風とうとうと吹いて、聖人の御懐に入りければ、とりあえず一首の御詠歌に「寒くとも袂に入れよ西の風弥陀の国より吹くと思へば　南無阿弥陀仏　南無阿弥陀仏」と休ませ給う。

この夜、左衛門不思議なる夢を見る。化僧一人こつねんとして枕のもとに顕れ給い、「汝知らずや、今宵門外に宿らせ給うは、西方安楽能化《のうけ》阿弥陀如来の御化身《ごけしん》なり。急ぎ屈請して未来の要津を求めよ。我はこれ、汝が護守する観世音なり」と云々。

左衛門夢さめ、頭をあげければ、門前光明赫《かく》やくとして、称名の声遙かに聞こえるに、さては真夢《まさゆめ》ならんと走り出て見奉るに、あら痛ましや、聖人な雪を褥《しとね》に石を枕に臥し給う。

左衛門深く驚き、さてさて唯人ならざりし貴男を追い出し奉る罪のほどこそ恐ろしけれど、罪科《つみとが》を悔いて御招待申し上げければ、聖人な雪の中より起き上がらせ給い、「やれやれ嬉しやな、無宿善なる者済度の時至れり」と左衛門が館に入らせられ、はや、御草鞋《おわらじ》の紐解く間遅しと、弥陀超世の本願末世相応の要法を示し、悪人・女人の往生のおいわれを御丁寧に御化導《ごけどう》ましましかば、左衛門夫婦の者より、十二歳、七歳に至る稚児までも改心《え》懺悔《さんげ》の心を起こし、歓喜勇躍《かんぎゆやく》の涙を流し、瑞喜のあまり御弟子《おん》とならん事を乞いければ、すなわち御弟子となし、法名を入西房釈の道円と給う。此方は当山の開基なり。

しかるに、おちこちの男女老若、我も我もと御化導をこうむる輩、風に草木がなびくがごとく門前市を成しければ、その時御開山のおおせに、古え京都六角堂、求世観世音菩薩の夢のお告げも今こそ符合せりと、弥陀超世の本願繁盛の奇瑞なりと、深く御満足御喜びの態相なり。最早この段に至れば、極月一日になりければ、聖人今ははや暇《いとま》申すなりと曰く、入西房夫婦の者は、雨霰と涙を流し、お別れを深く悲しむ故、愚禿《ぐとく》が身、名利勝他を求めるにはあらねども、我なき後の形見を残さんものをとて、自ら御首《みくし》ばかりを刻ませられ、「面影を世々に残してひたすらに弥陀にかしづく頼りともなれ」と一首の御詠歌と共に下し給う。入西房御返歌、「かしこまる袖は涙におおわれて心よりまず伏し拝むなり」と、悲喜の涙と共に御安置申し上げけり。

その後、正安元年、二代目善知識如信上人当山に御参詣ましまして、御自作の御真影に拝礼をとげさせられ、古え雪を褥に石を枕の御苦労《ご》を思い出し、御涙にぬれにしを絞らせられ、報恩の為にとて、自ら御尊体を刻み添い給うが故に、世に枕石《ちんせき》の御真影と称し奉る。

ただ今、御見とうなれば、八百有余年前の御開山直々の御対顔じゃと存ぜられ、称名もろとも謹んで拝礼。

＊今日《こんにち》の我々でも寒中外で寝られようか。我が家に寝るさえにも寝巻、布団が薄くては、一夜の夜さえ明かしかねるというに、聖人誰あろうぞや、錦の褥の上で寝起きしたもう御身の上が、衆生済度の為なればとて、日野左衛門という邪険なる者に追い出され、雪を褥に石を枕の御苦労、その日野左衛門がよそ外《ほか》の者とおぼし召すべからず、お互い心の内が同じく日野左衛門じゃとて存ぜられ、報恩の称名もろとも御苦労の御尊形《ごそんぎょう》へ謹んで拝礼。

＊この御苦労があればこそ、今日こうして膝付き合わせ、御座《おざ》参りの身の上にて、いつ命が終わろうとも間違いのないお待ちもうけのお浄土へ往生させて頂き、正定《しょうじょう》不退の仏果とは、何たるこの身の幸せぞと存ぜられ、称名もろとも謹んで拝礼。

「牛伏寺縁起絵」「釈迦涅槃図」と絵解き

林　雅彦

信州（長野県）筑摩山脈の主峰・鉢伏山《はちぶせやま》（一九二九メートル）西麓の中腹、およそ海抜一〇〇〇メートルの、松本平（松本盆地）が眺望される深山幽谷の地に、金峯山牛伏寺《ごふくじ》（真言宗）は位置する。この寺で毎年正月十五、十六の両日行われる厄除《やくよけ》縁日大祭には、多数の檀家や近郷近在の信者たちが約二キロメートルの山道（参道）を歩いて観音堂へお参りする。本尊の厄除十一面観音像は、牛伏観音としてあまねく全国に知られているが、寺伝によると、聖徳太子四十二歳の作だという。

ところで、唐の玄宗《げんそう》皇帝は、今は亡き愛妃楊貴妃《ようきひ》の霊を慰めるべく、天平勝宝七年（七五五）、玄奘《げんじょう》法師三蔵が漢訳した『大般若経』六百巻を我が信濃国・善光寺に奉納しようと、赤牛と黒牛の二頭に負わせて行く途次、ちょうど鉢伏山山麓中で斃《たお》れてしまった。使者は、仕方なくこれらの経巻を牛伏寺に納めたという。この伝承や後述の遺跡・遺物から推察するに、牛伏寺の草創は、おそらく平安時代にまで遡り得ると考えて差し支えなかろう。まさに古刹なのである。

鉢伏山の南側には諏訪湖に流れ入る横河川があり、その水は天竜川を経て、太平洋に至る。西や北には田川・牛伏川・薄《すすき》川があり、それらはやがて犀《さい》川に流れ入り、信濃川となり、日本海に至るのである。このように、鉢伏山は、松本平と諏訪盆地とを隔てる山地であると共に、大きな分水嶺でもある。

古代の遺跡や古墳群があることから、鉢伏山の裾野は早くから開けていたことが知られる。そして、信仰の山でもあったのである。即ち、牛伏寺の奥殿（収蔵庫）に安置されている、損傷甚だしい平安後期の作とされる蔵《ざ》王《おう》権現像（長野県県宝）は、かつて鉢伏山頂の蓬《よもぎ》堂に鉢伏大権現の本体として祀られていた木像であると言い伝えられている。同じく、平安後期の男神像及び女神像（共に松本市指定重要文化財）各一体も又、鉢伏大権現の御神体と言われている。

牛伏寺には、秘仏の本尊厄除十一面観音像をはじめとして、本尊脇侍《わきじ》の不動明王と毘沙門天《びしゃもんてん》、釈迦如来座像とその脇侍たる文殊《もんじゅ》・普賢《ふげん》両菩薩、薬師如来座像、大威徳明王の、国の重要文化財指定を受けた八体の木像（いずれも平安後期の作）が、前述の奥殿内に安置されている。この他にも、県宝の如意輪観音像（平安後期の作）、市指定重要文化財の地蔵菩薩像（南北朝期の作）、もと十王堂に安置されていた十王像や脱衣婆《だつえば》像、司録・司令の木像（以上、室町期の作）があり、東日本有数の立派な仏像を所蔵する寺院として知られている。又、かつては六百巻あったといわれる『宋版大般若経』の、罹災をまぬかれた断巻も存するのである。これらの文化財は、牛伏寺の成立を考察する上で重要なものだと言えよう。

牛伏寺は、はじめ鉢伏山山頂の蓬堂にあったが、のちに堂平《どうだいら》の地に下り、さらに現在地へ移ったと言われているが、その間の由来を記した『信州筑摩郡金峯山牛伏寺由来記』（寛保年間〈一七四一～四四〉の著述か）が伝わる。そこで左に、冒頭の由来に関する部分を掲げて参考に供することとしたい。

信州筑摩郡内田邑金峯山牛伏寺由来

当院往昔寺号何ト云事ヲ知ス　伝聞人王十二代景行天皇十二年ノ頃湖海タリシトキ鉢伏山上ノ権現化作シテ男子ノ形チヲ顕ハシ又法然ノ薩埵モ化成シテ女子ノ形チヲ現ハシ終ニ結婚ヲ成シ琴瑟ノ情歳ヲカサネテ熊羆《ユウヒ》ニ叶ヒ男子ヲ誕ム　名ケテ小治郎ト云フ　其ノ人トナリ天姿操行ニシテ能ク農夫ヲ憫ム　故ニ世俗此人ヲ泉

ミノ長者トイヘリ　或旧記ニ曰ク我武南方冨《タケミナカタトミ》命《ノミコト》即チ諏訪大明神ノ化身ナリト　一説ニハ武南方《タケミナカタ》刀《ト》美命《ミノミコト》トモイヘリ　何レカ是ナル事ヲ知ス　唯海河水流ニ自在ヲ得テ漂泛タリ　于時七月七日尾入沢ニ到テ不測ノ犀龍ニ逢フ　犀龍云子若シ我ニ乗ラハ湖水ヲ北海ニ能ク洒《ソソ》カント　即チ犀龍ニ乗テ水内《ミノチ》ト云フ所ノ瀧ヲ渡ル

七日七夜ノ中ニ湖水ヲ北海ニ洒クコト言ハノ如シ　今ノ犀川是ナリ　ソレヨリ淑ク田畑ヲ開クト一首ノ歌ニ　乗リ渡リ水ミチツケテ渣《ハ》ルカナリ広キ世界ニ出ル犀川　ト詠ミヲワリ犀龍ヲハ犀口ト云処ロノ神ニ祭リ独リ鉢伏山ニ帰リ父母ニ相見シ奉ラントスルニ父母復化作シテ元ノ如シ　愕然トシテ四方ニ顧レハ父母ハ相別レテ父山上ニ在ス　今ノ権現是ナリ　母ハ威徳山下ニ在シテ本有ノ大士霊応昭々タリ　其旧地今所謂金峯山頭ノ蓬堂ナリ　此時長者孑孑然トシテ不思議ノ妙感ニ応シ仏崎ノ岩窟ニ入去ヌ　今其所ニ社ヲ建テ川会大明神ト崇メ奉ト　或旧記並ニ筑魔（ママ）八幡宮ノ宝庫ニ見在セリ　誠ニ蓬堂ノ旧跡今ノ境院ヲ去ル事二十有余町此中間又旧跡アリ今以堂平ト云　凡ソ景行天王ヨリ用明帝ニ到ルマテ星霜五百有余年定メテ知ヌ紺殿宝坊アラン何ニト云事ヲ知ス　唯旧跡而已ナリ　今ノ境ハ人王三十四代推古天皇年中聖徳太子首剏スル所ニシテ大威徳明王垂応ノ霊区ナリ　其境里間ヲ距ルコト三十有余町山ニ拠リ流ニ沿テ奇ヲ抜秀ヲ鍾其風致超然トシテ自ラ塵外ノ妙境神異不測ノ壮観也　是仏聖ノ宅スル処ニ非スンハ豈カクノ如ノ霊域アランヤ　原ルニ夫聖徳太子者用命帝第一ノ御子母后夢中ニ感スル所アツテ而モ誕生ス　児歳ノ戯レ仏事ニ非ル事ナク到ル処梵刹ヲ営ム　其布金場勝テ計フヘカラス　今此牛伏寺モ亦其一也　此時普賢院ト号シ或ハ威徳坊ト名ツク　其来由攝州天王寺ノ宝庫ニ在ト云云　故ニ繁ク記セス此両名現ニ専ラ用ユ　院ノ西北ニ石アリ　此ヲ世俗鎌石ト云フ

本ハ影向石トイ、或カンマン石ト云フ　鎌石ハカンマン石ノ訛畧ナルカ　諺曰往昔一人ノ匹夫アリ誰人ト云フコトヲ知ス　当山ニ愬到シテ拝礼スル事数歳異日拝罷テ徐々トシテ堂外ニ出目ヲ縦ニシテ見レハ則チ山光雲影浄瑠璃世界ニ髣髴タリ　其光リ鎮ニ止ス喜感マス〱渥シテ而モ退懈ナシ故ニ山ヲ金峯ト云フ　本ノ

名ハ威徳山　是ヨリ今ノ名ニ改メ更フ　加之ナラス有唐ノ玄宗皇帝遙ニ善光寺如来ノ霊応絜然タルコトヲ聞テ永ク貴妃カ菩提ノ勝因ヲ結ハン為ニ手カラ紺紙金字ノ題号ヲ書テ大般若六百軸牛車荷載シテ遠ク震旦ヨリ我朝ニ贈ル　彼牛筋力已ニ罄テ終ニ当山ニ伏死ス　此由致ニ依テ将来ニ犂牛両頭ヲ彫刻シテ麓ニ小宇ヲ營構シ両頭ヲ置　今ノ牛堂是ナリ　夫ヨリ寺ヲ牛伏ト云　境ノ西五十余町ヲ去テ原アリ来経《キキョウ》カ原ト云　由縁此謂ナリ　但シ本堂ニハ自然本有ノ大士且ツ太子手彫ノ十一面観自在薩埵ノ霊像ヲ安置シ奉ル　慈容端厳殊勝無比ニシテ敬崇スル者興感ナラスト云事ナシ　且ツ権人化成ノ諸尊諸祖ノ真蹟仏画及ヒ仏舎利等経蔵鐘楼悉ク備フ　区図精緻居然タル一静舎ナリ　雖然　天災如何トモスル事ナシ　慶長子年七月八日灰燼ト成テ旧記宝坊歴代法系ニ至ルマテ皆焼失ス　故ニ法脈相続紛然トシテ詳ナラス惜哉　迺シ太子彫刻ノ大士並ニ行基・恵心ノ両師宗祖弘法大師・興教大師手彫真筆ノ畫像二十五軀及ヒ仏舎利唐本ノ大般若経一百余巻等纔ニ是ヲ残ス　実ニ当院ノ金玉ナリ　粤ニ中興開山憲淳大和尚ヲ以世代寺務ノ最初トス　第三世法印憲康ニ至テ不詳ノ火災ニアヘリ　嗟呼痛哉懐旧ヤムコトナシ　第七世法印憲良求法ノ鴻願速ニシテ笈ヲ負(高)野山ニ攀リ龍光院ニ投シテ再ヒ秘密法流ヲ伝習ス　寔ニ絶タルヲ継廃シタルヲ興ス　法流中興ノ首座也　其法流ハ本流・心南・中院ノ三流ヲ兼ヌ　就中中院流ヲ以伝脈ノ正宗トス　元来夏冬ノ論鼓ヲ鳴シテ四方ノ来徒ヲ指揮スル事此ニ歳アリ　然レハ則チ三密燭ヲ継テ永ク国泰ヲ祈リ毎ニ安民ヲ願フ者也　第十世法印栄光ニ至テ広ク檀縁ヲ控テ本堂楼門宝篋印塔ヲ建立ス　予ニ至テ纔ニ十二世也　中古齎田寄附ノ始天正九辛巳年逍遙軒主人永楽三貫文ヲ以テ粢盛ノ助ケトス　其後小笠原侯兵部太輔秀政慶長十九寅年十五石ヲ以配シ寛文十三年三月十五日大守因州源忠晴公地方二十石ヲ以供料トシ元禄十歳五月廿五日別ツニ増分三十石ヲ加ヘテ五十石ト成テ第九世法印憲邦ニ給フ　当大守忠林公ニ至マテ都テ五十石寺領ニ配与シ玉フ　実ニ謂レアル哉　于時寛保癸亥年幸ニ蒙　領主之命偶旧記要古老之口実ヲ撫テ併セテ其顛末ヲ書テ以奉上

見住寺務栄宝謹誌

これによれば、先ず第十二代景行天皇十二年、鉢伏大権現の化身を父に、菩薩の化身を母に生まれた男の子は、小治郎と命名された。小治郎は長じて武者となり、農民たちを憐れんで、灌漑治水《かんがいちすい》を考えた。やがて大龍の背に乗って水内《みのち》という所の滝を渡ると、七日七夜の内に湖水は北海に流れ入った。その時出来た川が、今の犀川である、という「泉の長者」伝説が書かれている。

さらに、唐の玄宗皇帝（七一二〜五六在位）が、楊貴妃の後生菩提《ごしょうぼだい》を願って、遙か遠く日本の善光寺如来の元に結縁を求めるべく、『大般若経』六百巻を二輌の牛車に積んで我が国へ贈った。二頭の牛は力尽きて、鉢伏の地で倒れ死んだ。そこで、山麓に小堂を建立、二頭の牛の像を安置した。これが、現在の牛堂《うしどう》である。こうして、寺名を牛伏寺と称するようになった、という説話をも述べている。因みに、「牛伏寺文書」によれば、天文三年（一五三四）、堂平《どうだいら》から今の地に伽藍《がらん》を移した旨の記述があるという。

さて、右の『由来記』に垣間見た、松本平に広大な沃野を創り出した「泉の長者」譚は、幕末の安政三年（一八五六）三月御開帳《ごかいちょう》の際に、「泉小太郎図」として小型の掛幅絵に作られた（ただし、主人公の名前は、「小治郎」から「小太郎」に改められている）。玄宗皇帝の話柄も、同時に「玄宗皇帝図」なる掛幅絵に仕立てられている（「牛伏寺文書」に従えば、この時の御開帳は、牛伏寺十六世栄弘法印のもとで三月十五日から二十八日までの二週間にわたって行われたという）。現在、牛伏寺においては、二幅まとめて「牛伏寺縁起絵」と呼んでいる。

さらに同寺には、文化十一年（一八一四）三月、十五世憲如法印の代に描かれた縦二四三センチメートル・横三九七センチメートルという横長の珍しい「釈迦涅槃図」一幅も伝わっている。「牛伏寺文書」には、作者を法橋永春と明記し、三月十八日から二十一日までの四日間開眼供養した旨の記述がある。

ところで、筆者が「牛伏寺縁起絵」二幅及び「釈迦涅槃図」一幅を初見する機会を得たのは、平成十一年（一九九九）四月一日の深夜であった。

四年余りの歳月をかけて国の重要文化財収蔵庫としての奥殿が完成、その落慶記念として、四月十八日から五月十六日までの一か月間「御本尊特別開帳」が催されたが、これに先立ってテレビ信州が特別番組「遙かなる祈りの道・牛伏寺のほとけたち」を制作することとなった。それゆえ、出演予定の狂言師・野村万之丞氏、フォーラム游の宮坂勝彦氏、テレビ信州報道制作局次長・倉田治夫氏と共に、四月一日午後七時過ぎ牛伏寺に到着、録画に入った。収録が終了した午前零時頃、大谷秀雄住職が筆者に「牛伏寺縁起絵」二幅の絵解きも収録したい、ついてはただちに絵解きをとの要請で、急遽五分程の絵解きらしからぬ絵解きをすることとなってしまった。

この後、横長の「釈迦涅槃図」を拝見することとなったが、その場に居合わせた数人がかりで庫裡の大広間の畳上にひろげた、という経緯《いきさつ》がある。

なお、件の特別番組は、四月十八日午後、テレビ信州で一時間番組として放映されたことを申し述べておく。同年八月十一日、牛伏寺施餓鬼会《せがきえ》の席上、大広間に集まった多数の檀家の人々を前に、小林一郎氏司会のもと、筆者が解説した後、小林玲子氏によって二つの絵解きが行われ、人々に大きな感動を及ぼしたのであった。

思うに、「牛伏寺縁起絵」ならびに「釈迦涅槃図」の絵解きは、今後牛伏寺施餓鬼会の中に組み込まれることとなろう。小林一郎・玲子夫妻が作成された絵解き台本は、ひととき私たちを別世界へ誘《いざな》ってくれるのである。

【牛伏寺縁起絵】

作……小林一郎
小林玲子
口演……小林玲子

「牛伏寺縁起絵」（二幅、江戸時代）

1

それでは、これから二幅の御絵伝によりまして、金峯山牛伏寺《ごふくじ》のいわれをお話いたします。

昔、松本平は大きな湖でございました。

『牛伏寺由来記』によりますと、鉢伏山《はちぶせやま》の権現を父とし、菩薩を母として生まれたのが泉小太郎でした。

また一説には、泉小太郎は白龍王を父とし、犀龍を母として生まれたとも言われています。

2

ある時小太郎は、母といわれる犀龍に乗って、山清路《さんせいじ》の山を切り崩し、湖の水を越後へ流したということです。こうして松本平が開け、犀川が流れ出すようになりました。

この犀川という川の名は、犀龍にちなんだものです。時は景行天皇十二年、日本武尊《やまとたけるのみこと》の時代と申しますから、神代の昔のお話でございます。

その時、小太郎が詠んだという歌が伝わっております。

乗り渡り水道《みずみち》つけてはるかなり広き世界に出《いず》る犀川

ここ牛伏寺には、小太郎が使ったと言われる冑《かぶと》の鉢と大太刀が残されております。

牛伏寺は、こうして鉢伏山の信仰から始まりました。最初は普賢院と呼ばれておりましたが、牛伏寺と言われるようになった、いわれのお話がございます。

3

そのお話の始まりは、今から千三百年程昔の、中国の唐の時代に遡ります。

唐王朝第六代の帝、玄宗《げんそう》皇帝は、積極的に政治の改革に取り組んでおりました。これを開元という年号にちなんで「開元の治」と申します。その後、楊貴妃《ようきひ》を后に迎えます。この玄宗皇帝と楊貴妃の物語は、白楽天の

「長恨歌《ちょうごんか》」に次のようにうたわれております。

漢皇色を重んじて傾国を思う
御宇《ぎょう》多年《たねん》求むれども得ず
楊家に女《むすめ》有り初めて長成し
養われて深閨《しんけい》に在り人未だ識《し》らず
天生の麗質自ら棄て難し
一朝選ばれて君王の側《かたわ》らに在り
頭《こうべ》を廻《めぐ》らして一笑すれば百媚生じ
六宮《りくきゅう》の粉黛《ふんたい》顔色無し

こうして楊貴妃を寵愛するようになった玄宗皇帝は、政治を顧みなくなり、その結果安史の乱が起こりました。この乱を当時の詩人杜甫《とほ》は、

国破れて山河在り城春にして草木深し

とうたっています。

その事態を収拾するために、玄宗皇帝はやむなく楊貴妃を殺させました。

その後楊貴妃の菩提を弔うために、玄宗皇帝は日本の信州善光寺に、『大般若経』六百巻を奉納することに致しました。

4

日本に到着した『大般若経』は、赤黒二頭の牛の背に積んで運ばれました。

その途中のことでございます。この寺の下を通りかかった二頭の牛は、『大般若経』を積んだまま倒れてしま

い、動こうと致しません。これを見た玄宗皇帝の使者達は、この寺の御本尊十一面観音の霊験あらたかなことを知り、この寺に『大般若経』を納めて帰国致しました。

倒れた赤黒二頭の牛を奉ったのが、この寺の入口にある牛堂《うしどう》でございます。そしてこの寺は、牛が伏したことにちなんで、牛伏寺《うしふせでら》、牛伏寺《ごふくじ》と呼ばれるようになりました。

またこの近くの原を「桔梗《ききょう》が原」といいますが、それは「来るお経」と書いて「来経《ききょう》」から名づけられたとも、また玄宗皇帝の使者が唐の都に「帰京」したことから名づけられたとも言われています。

神代の昔から中国、日本と語りついでまいりました牛伏寺の壮大なロマンのお話、以上で終わらせていただきます。

III　善光寺如来の絵解き

善光寺信仰の一断面
――善光寺における再会――

小林一郎

はじめに

信州善光寺の信仰は、平安時代の終わりころから爆発的に流行し、鎌倉時代にはすでに九州から奥羽地方までの随所に「新善光寺」が建立され、善光寺信仰の拠点となっていた。

こうした中で、善光寺草創をめぐる壮大な物語「善光寺縁起」が絵解きなどを通して語られたのみならず、善光寺にまつわる膨大な物語・説話群が生まれている。こうした説話類は、善光寺信仰の特質を知る手がかりになるとされ、分析が行われてきた。その場合、誰もが取り上げてきたのは、女人の救済であった。たしかに『平家物語』における「千手の前」、『曽我物語』の「虎」など、善光寺に参詣した女人は枚挙にいとまがない。「善光寺縁起」自体からも読み取れるように、善光寺は女人の信仰を集めた寺であった。

また、冥土からの蘇生譚も注目される。「善光寺縁起」における善佐《よしすけ》と皇極天皇の蘇生や、三輪時丸の物語である。これは、善光寺本堂の暗黒の地下通路を巡る「戒壇《かいだん》めぐり」の習俗と、深く関わっているとされている。

こうしたことを踏まえた上で、本稿はこれまでほとんど論じられてこなかった「善光寺における再会」の問題を取り上げる。

肉親との再会

善光寺をめぐる物語類には、捜し求めていた肉親と善光寺で再会するといったものが少なくない。それは、親子・夫婦・恋人など様々な場合がある。

謡曲『土車』(父子)、謡曲『柏崎』(母子)などは、善光寺における代表的な親子再会の物語である。説経節『熊谷先陣問答』では、蓮生坊(熊谷直実)が瀕死の娘と対面するが、父子の名乗りをしないまま最期を看取る。この物語は、長野でも『仏導寺縁起』として語り伝えられている。同じく説経節で知られた苅萱・石童(堂)丸の物語も、長野では親子地蔵の縁起なのであって、これも広く見れば善光寺における父子再会の物語である。高野山に発生した苅萱・石童丸の物語が、親子再会の場となることが多い善光寺周辺にもたらされて定着したのは、ごく自然なことであった。

御伽草子『もろかど物語』では、妻が夫「もろかど」の後を追って善光寺に来る。夫は数日前にこの地で没していたが、神仏の霊験によって蘇生し、夫婦が再会する。御伽草子『短冊の縁』では、出奔した女を捜して恋人の男が善光寺に来て、目出度く再会を遂げる。『塩竈大明神御本地』(『塩竈宮の御本地』)では、都を追われて奥州に下った少将を尋ねて都を離れた恋人の姫君が、善光寺で一人の法師から少将の安否を知らされる。それによって奥州に下った姫君は少将とめぐり合い、結ばれる。こうした物語も、善光寺における再会の変形であろう。

死者との再会

善光寺は生き別れの肉親とめぐり合うだけでなく、死者とも再会できる寺であった。

明治中期ころまで、遠来の善光寺参詣者は本堂で一夜を明かす習慣があり、夜の本堂は念仏を唱える参詣者であふれた。これを「おこもり」という。それはきわめて宗教的な雰囲気の場で、そこでは死者に会うことができるとされていた。明治四十二年に善光寺保存会から発行された『善光寺和讃』には、「昼は人気におされても、夜は後光に照らされて、死出の旅より詣で来る、亡者も御堂に充つるなり。亡者の縁《ゆかり》ある人は、御堂に参りて尋ねてよ、親子兄弟親族も、群聚《ぐんじゅ》の中にありと聞く」と書かれている。長野市西方の山間部では、毎年六月晦日(明治以後は七月三十一日)の「ウラボン」に善光寺で「おこもり」して、祖先の霊を迎える習慣があった。これも善光寺の「おこもり」が死者との再会の場であったことを示している。

善光寺の「戒壇」も、死者とめぐり合う施設であった。この暗黒の通路は、冥界と信じられていた。近年まで「戒壇めぐり」では「戒壇草履」を履き、それを持ち帰って死後に棺桶に入れる習慣があった。これは「戒壇草履」が冥界を旅する時の履き物で、「戒壇」が冥界であったことを示している。参詣者はこの暗黒の中で、亡き肉親と再会することができたのだ。善光寺は、この世と冥界の境にあると意識されていた。

また、死者は、死後一旦善光寺に詣でると信じられていた。死者の枕元に供える枕飯は、その時の弁当だと説明する地方がある。明治三十年出版の『善光寺独案内』によれば、紀州新宮の某は、善光寺本堂前の護法石に腰掛けて飯(枕飯)を食う亡者の姿を見たという。

中世の善光寺をめぐる物語・説話には、『平家物語』の「千手の前」や『曽我物語』の「虎」などのように、夫や恋人を失った女が善光寺に行く話がしばしば見られる。これは近世文学でも同様で、西鶴の『武道伝来記』巻五第三「不断に心懸の早馬」はこの系統であろう。

この種の話は、善光寺周辺の伝説にも多い。善光寺山門脇の石塔「兄弟塚」は、義経の忠臣佐藤継信・忠信兄弟の菩提を弔うため、母の梅唇尼が善光寺に来て建てたものだという。元は長野駅の東口あたりにあり、現在は民家の墓地に移されている「悪源太義平の墓」も、義平の死後その愛妾が遺骨を持ってこの地に来て、義平を葬った所と伝えられている。

こうした失意の女性の善光寺参詣は、単に「善光寺で夫の菩提を弔った」といったものではなく、死者と再会するという意味があったはずである。そして死者との再会も生者との再会も本質的な違いがないことは、死者が蘇生して生者となって再会するという『もろかど物語』のような例があることからも、明らかであろう。

口寄せ巫女の影

善光寺が再会の場であったことは、善光寺に諸国の参詣者が集まり諸国の情報を寄せ合っていたという背景もあろう。また、参詣者は堂宇の壁に住所・姓名・参詣の年月日などを書きつける習慣があった。これも単なる落書きではなく、それなりに伝言板としての意味があったらしい。善光寺の経蔵の内壁には、現在も江戸時代以来のこうした「落書き」が多数残されている。小林一茶は文政五年（一八二二）八月二十九日に善光寺に参詣し、本堂の柱に、三十年前に長崎で交流した旧友の落書きを発見した。前日の日付であった。自分も前日に参詣していれば再会できたものをと、一茶は悔しがった（『文政句帖』『一茶発句集』）。

しかしそれ以上に、善光寺が再会の場と意識された背後には、口寄せ巫女の活動があったのではなかろうか。口寄せには、現在生きている人の口寄せ「生き口」と、死者の口寄せ「死に口」とがあるという。中世の善光寺はこうした女性宗教者の拠点であったのだろう。彼女たちは求めに応じて、生別した肉親や死者の言葉を語り、「再会の場」を作り出していたにちがいない。

故五来重氏は、「善光寺縁起」に登場する本田善光とその妻弥生を、善光寺如来の言葉を語る巫覡《ふげき》ととらえていた。また、善光寺と羽黒山との関係も重要である。羽黒山は御伽草子『花鳥風月』にも登場するように、口寄せ巫女で知られていた。そうした羽黒山と善光寺の間を女性宗教者が往来していたことは、『もろかど物語』と

『塩竈大明神御本地』で、女性がこの間を行き来することからもうかがえる。羽黒系の口寄せ巫女が善光寺にも存在したと見るべきだろう。『もろかど物語』の一本では、羽黒山から善光寺に至る途中で女が「善光寺縁起」を語る場面がある。これは、こうした巫女が「善光寺縁起」を語る場合があったことを示しているのかもしれない。

善光寺の南西三十数キロメートルにある長野県小県郡東部町祢津には、「日本一の巫女村」と称される巫女の集落が存在した。彼女たちは梓弓と細長い小箱を持ち、数人のグループで日本中を巡り、口寄せをしたという。この巫女と善光寺との関係は明らかでないが、戦国時代に武田信玄は善光寺を一旦この近くに移し、三年後に甲府へ移転させたと言われる。祢津に三年間も善光寺が存在したということは、ここが善光寺有縁の地であったことを示唆している。中世には、ここの巫女たちは善光寺と深く関わっていたと思われるのである。

また、善光寺の西に連なる山中は、鬼女や山姥（大姥）の伝説が色濃く残る地域である。ここにも熊野系の巫女の活動が見て取れるという（『むしくら』）。

まとめ

中世の善光寺は再会の場であった。生別した肉親と再会できたばかりでなく、死者とも再会できると信じられていた。それには口寄せ巫女が関わっていたのであろう。

「善光寺如来絵伝」の絵解き

吉原浩人

一　『善光寺如来絵伝』の主要作例・形状

善光寺生身《しょうじん》の本尊は、天竺・百済を経て渡来した、本朝初伝の比類なき霊像と崇められていた。生身本尊は絶対の秘仏であり、その像容を常人は拝することが出来ないが、模刻像が数多く造立され、その信仰は全国に広まった。

善光寺建立の由来を説く『善光寺縁起』は、文字化されたテクストが何種類も撰述されたが、一方でそれを絵画化し、絵解きすることも盛んに行われた。筆者の調査では、現在までに約六十点の『善光寺如来絵伝』の存在を確認しているが、今後の精査により、さらに多くの発見が期待できよう。このうち、中世に溯る遺品は現在八点が知られている。根津美術館所蔵三幅本（重要文化財）・安城市本證寺蔵四幅本（重要文化財）・岡崎市妙源寺蔵三幅本（重要文化財）・同市満性寺蔵四幅本（愛知県指定文化財）・長野市淵之坊蔵三幅本・滋賀県安曇川町太子堂蔵四幅本（滋賀県指定文化財）・甲府市善光寺蔵二幅本（山梨県指定文化財）・藤井寺市善光寺蔵一幅本である。このほか、大分県宇佐市善光寺蔵三幅本は、近世中期のものであるが、今は失われた室町期の絵伝の精巧な模写本である。また、兵庫県加古川市鶴林寺蔵『聖徳太子絵伝』八幅本（重要文化財）の第一幅・第二幅には、ほぼ完好な善光寺縁起が描かれている。

これらはいずれも大画面による掛幅形式の絵伝であり、この形式のものは近世初期の善光寺大勧進蔵三幅本はじめ、昭和初年までに多数作成された。これに比して、善光寺縁起の絵巻は、鎌倉市英勝寺蔵五巻本の一例のみしか報告されていない。

絵解きに使用する絵伝の形状としては、一時に多人数が鑑賞できること、携帯の便が良いことから、掛幅絵をしのぐものはなかったようである。しかし、近世には人形仕立ての立体的なものも出現したことが確認でき、明治以降になると本堂のなげしに掲げる額装の絵伝も作成された。

二　中世の絵解き

『善光寺如来絵伝』の絵解きは、鎌倉時代から行われていたことは確実であるが、中世の実態を物語る文献資料は乏しい。しかし、浄土真宗においては絵解きによる積極的な教線の拡張が行われていたことが、現存遺物から窺える。

親鸞は、越後から関東への途次、善光寺に立ち寄ったという。これは、同時代の史料に欠けるため、疑問視するむきがないわけではないが、親鸞自身『善光寺和讃』を詠んでおり、強い善光寺信仰を持っていたと思われる。真宗高田派の本寺・下野専修寺は、一光三尊善光寺如来像を本尊として戴いている。これは親鸞五十三歳の時、下野柳島（高田）の地において明星天子の霊告を受け、その後善光寺に参詣して善光寺如来と一体分身の霊像を感得し、これを本尊として翌年如来堂を建立したものと伝えられる。

初期高田系門徒は、絵伝を積極的に用い、絵解きによる教線拡張を行ったことでも知られる。ここで用いられた絵伝は、『善光寺如来絵伝』『聖徳太子絵伝』『法然上人絵伝』『親鸞聖人絵伝』の四種である。すなわち、『善光寺如来絵伝』で本朝への仏教伝来の歴史を、『聖徳太子絵伝』で本朝仏教の祖師たる聖徳太子の生涯を、『法然上人絵伝』で本朝浄土宗の開創を、『親鸞聖人絵伝』で真宗開教の歴史をそれぞれ説くのである。この四種の絵伝が一組になってはじめて、親鸞に至る浄土門徒にとっての日本仏教の歴史を語ることができ、善光寺如来を本尊として崇める高田門徒の本源を確認することにもなった。四種の絵伝は互いに不即不離の関係にあり、生身如来の仏徳と、師徳を顕彰することにより、多数の信徒を獲得していったのである。

三河妙源寺境内の重要文化財太子堂（柳堂）は、正和二年（一三一四）の棟札を伝える方三間の小堂であるが、この堂内において、これらの各三幅対の絵伝が掲げられ絵解きされていたのではないかと推測されている。現在虫干し会の際には、この柳堂に江戸時代の『妙源寺縁起絵伝』が掛けられ、当時の情景を髣髴させるものとなっている。

三　近世の絵解き

1　信濃善光寺の絵解き

信濃善光寺は、度重なる火災や戦乱に遭っているため、中世以前の記録に乏しい。江戸時代には、塔頭の淵之坊は縁起堂とも呼ばれ、住僧が『善光寺如来絵伝』の絵解きを行っていた。岩下桜園『芋井三宝記』には、元禄五年（一六九二）に江戸で善光寺出開帳を行った際に、この縁起を講談のように絵解きしたと記されている。

善光寺大勧進万善堂脇には、近年まで「絵伝場」と称される部屋があり、天保七年（一八三六）作の二幅本絵伝が掲げられ、団体の参詣者に対して絵解きが行われていた。幕末から明治初年の万善堂における絵解きについては、長尾無墨編『善光寺繁盛記』初編の「図絵説《ヱトキ》」の項が実態を伝えている。ここには、幸平なる非僧非俗の人物が鞭を執って二幅の絵伝の一図一図を絵解きし、聴衆が感涙にむせびながら念仏するありさまが、活写されている。大勧進絵伝場における絵解きの伝統は、近年まで伝えられていたが、絵伝場は護摩堂建設のため解体され、現在は絶えてしまっている。

2 甲斐善光寺の絵解き

甲斐善光寺は、川中島合戦の折、善光寺の焼失を恐れた武田信玄によって、本尊はじめ一山ことごとく遷坐し、建立された由縁を持つ。本尊は、豊臣秀吉没後、信濃に還坐されたが、宝物と僧侶の一部は甲斐に残された。甲斐善光寺には、『善光寺如来絵伝』が五種所蔵されるが、そのうち最古の二幅本『善光寺如来絵伝』（山梨県指定文化財）は、信濃伝来のものと思われ、この絵伝の絵解きの記録がいくつか残っている。まず『善光寺記録』巻一には、寛永七年（一六三〇）徳川忠長に、供僧常円らが面会し御殿で善光寺縁起を讃談し、褒美を貰ったという記事がある。この絵伝には徳川忠長が大旦那となって修覆されたという裏書があり、おそらくこの折に、絵解きが行われたのであろう。

同じく『善光寺記録』巻一には、明暦二年（一六五六）江戸下谷東福寺で霊仏・霊宝出開帳の折、「毎日当時縁記絵伝講釈、日ニ三坐仕候、講釈人者役僧之内堂照・玄良・常円也」とあり、参詣者に対し堂照・玄良・常円の三人が、日に三坐絵解きを行ったことがわかる。この常円は前記供僧と同一人物で、絵解き僧名まで判明する点、貴重な記録といえよう。また二十数年を経て、同一人物が縁起を講説しているところから、善光寺内にそれを得意とする者が何名かおり、日常的に参詣者に語っていたのではないかという推測も成り立つ。

時代は幕末まで降るが、『燈籠尊上京記』にも絵解きの記録がある。甲斐善光寺の秘仏燈籠仏が、嘉永元年（一八四八）知恩院門跡の開封を受けるため上京、孝明天皇の禁裡に参内した。その記録中に、有栖川宮の御殿内で「尊像絵紙伝」を、宮が御簾の内より聴聞した記事がある。また、燈籠仏の噂を聞きつけ、雨天にもかかわらず大勢の参詣者が宿舎に詰めかけたため、「絵紙伝等かけ、よミきかせ申候」といった記事もみられる。善光寺の縁起を語る際に絵伝が大いに利用され、また都においても貴賤上下を問わず、積極的に受容された様子を想像できるのである。善光寺金堂内においては、昭和四十年代まで江戸時代製作の『善光寺如来絵伝』二幅が掲げられ、先々代住職による絵解き説法が随時行われていた。

3　版本挿絵から作成された絵伝

元禄五年（一六九二）に出版された『善光寺縁起』五巻は、真名本の寛文八年（一六六八）版『善光寺縁起』をもとに和文で書かれたものである。著者は、坂内直頼。仮名書きで一般にも理解しやすかったためか、繰り返し版を重ね、『善光寺縁起』のひとつの標準として江戸時代を通じて大いに受容された。この元禄五年版には、寛文八年版縁起にはなかった挿絵が全部で二十七場面入れられている。そのため、これを粉本とした『善光寺如来絵伝』が数多く制作された。

また、光寿院卍空によって撰述された『善光寺如来絵詞伝』七巻は、前編四巻が弘化四年（一八四七）、後編三巻は安政三年（一八五六）にそれぞれ刊行されている。著者卍空は、多数の書を引用し、実証的な態度に立って編集したが、この『善光寺如来絵詞伝』も巷間広く受け容れられ、明治四十五年には善光寺大勧進より活字本が出版されたことと相俟って、近年に至るまで大きな影響を与え続けた。幕末から昭和にかけて制作された『善光寺如来絵伝』の多くは、この『善光寺如来絵詞伝』の挿絵をもとにしたものである。

篤い善光寺信仰の基盤に支えられ、絵解き説法するための掛幅絵伝には、多くの需要があった。これら版本をもとにした絵伝には、自ずから詞書きが備わっていることになり、より広範囲に掛幅絵を普及させる結果となったのである。

4　真宗高田派の絵解き

絵解きは一回性の強いもので、その場限りのものとして記録に残りにくい。すなわち絵解きが確実に行われたと証明するには、困難が伴うことが多い。ところが、真宗高田派の『善光寺如来絵伝』絵解きには、江戸中・後期の台本と口演記録が現存し、当時の場の状況をある程度再現することができる。これは、絵解き研究の上においても、極めて稀な恵まれた例といえよう。

岡崎市満性寺には、『善光寺如来伝私考』『善光寺如来伝』の二種類の台本が蔵される。『善光寺如来伝私考』は第二巻のみ残存。能説家として知られた満性寺十九世寂眼（一六九九～一七三二）の撰述と推測される。本文は漢字片仮名まじりの和文であり、基本的には元禄五年版『善光寺縁起』の本文をほぼそのまま利用しつつ、適宜真宗の教義の問答等を交えた独自の解説を加えるという形になっている。絵相の説明の内容から、満性寺本『善光寺如来絵伝』の絵解き台本であることがわかる。もう一種の『善光寺如来伝』は、一巻一冊。一身田慈光寺八世寂玄（一六九四～一七五九）の撰述。序文によれば、延享二年（一七四五）三月の下野専修寺一光三尊仏の伊勢・京都出開帳の折、寂玄が如来の来縁を大衆に説くよう命じられたうちの一人だったので、廃忘に備えて模録したとある。秘仏の十七年に一度の開扉の折の、絵解き次第の記録である。内容から、妙源寺本またはその模本三幅の台本とわかる。本文は漢文で、細かい割註も多く、そのまま読み上げられたという性格のものではないが、絵伝の解かれ方を知る上で重要な存在である。

また、津市立図書館橋本文庫に蔵される『野州如来伝絵分科』は、文化六年（一八〇九）開扉の際に、鈴鹿市養元寺の学匠、無垢輪房光天芳誾によって撰述されたもの。文化六年三月四日から四月四日まで京都別院において一光三尊仏の出開帳があり、その折に「如来伝」の説法を命じられたため、著したものという。高田本山専修寺四幅本と同絵相の絵伝略図を段ごとに示し、〇や△を記した箇条書きで、絵相の説明を記す。

この十七年に一度の高田山開帳は、たいへんな人気を集めた催しであったことは、尾張藩士高力種信《こうりきたねのぶ》の著作群から窺い知ることができる。高力猿猴庵は、明和から文政にかけての五十数年間、尾張における開帳・祭礼を中心とした風俗・芸能の記録を、文章と絵画により残していることで著名である。安永六年（一七七七）七月十五日から八月十四日まで、下野高田山の本尊一光三尊善光寺如来は、尾張信行院（現在の高田派名古屋別院）において開帳された。その際の賑わいは、『猿猴庵日記』『猨猴荞合集』に詳しく記される。『善光寺如来絵伝』の絵解きは、板葺の仮小屋において行われた。中では、大衆を前に、巨大な絵伝を絵解く僧の姿が描かれる。この記事と絵相から、妙源寺本に親鸞開創伝説を加えた四幅の専修寺本系統で、開帳用にしつらえた特大の絵伝であることがわかる。絵伝の右には、袢を着けた人物が「どなたも御下にござりませ。只今御縁起がはじまります。」と述べている。『猿猴庵日記』では、袢を着た人物が勧進柄杓を聴衆に差し出し、喜捨を募る姿を描く。袈裟を着けた僧は、楚《しもと》で絵伝を指す。「ゐどき僧」は四人いて、交替で絵解きを行ったようである。開帳見物の次第として、まず秘仏を拝し、法宝物を拝観した後に、絵解きを聴聞したことがわかる。高田派における中世以来の絵解きの伝統が、ここに脈々と続いているのが看取できる。

この、高田本山専修寺秘仏一光三尊如来の十七年に一度の開扉の際には、その縁起の解説書が、時に応じて出版された。安政六年の開帳の際には『下野高田山御縁起』が参詣者に頒布されている。この伝統は近・現代まで続いており、いま筆者の手許には、大正八年開扉の際の徳照孤灯著『一光三尊仏三国伝来縁起』と、昭和九年の市川皓庸著『三国伝来霊仏之光』がある。これらは、いずれも本文三十頁前後の小冊子であるが、特に注目すべきは前者で、全四十八段からなっており、高田本寺専修寺蔵『善光寺如来絵伝』四幅本の絵解き台本と考えることができる。昭和五十七年の開扉においては、この『一光三尊仏三国伝来縁起』を台本として、本寺輪番の説かれたテープがスライドを用いて流されていた。また、平成十年の一身田専修寺の開扉においては、如来堂にて山口淳有師によって五日間の絵解き説法が行われ、山口師作成の「一光三尊仏絵解きのしおり」が配布された。

以上に触れたほか、現代に至るまで『善光寺如来絵伝』の絵解きを伝承しておられる方は、ごく少数である。岐阜県加茂郡八百津町善恵寺前住職今井祐成師（一八九六〜一九八七）はその一人であった。師は戦前より、三十図からなる珍しい押絵額装の絵伝を用いて説法されていた。昭和五十七年と六十年の二度に亙って、復活口演が行われ、ビデオにも収録された。今井師の絵解きは、時に節談のまじる古風なもので、高度な説教の技術を要するものであった。

三　現代の絵解き

愛知県中島郡祖父江町善光寺前住職林旭山師（一九〇六〜一九九二）も、節談説教による『善光寺如来絵伝』絵解きを伝承されていた。林師はかつて掛幅の絵伝を持って東海地方を中心に、説教を行っておられた。昭和十年には、絵解き台本を撰述し、これに添って昭和三十二年に録音されたテープもあり、貴重な記録となっている。また、名古屋市港区善光寺においても、本堂のなげしに常時掲げられる額装二十四図の絵伝を、住職岩田文有師により絵解きしていただける。

平成十二年四月十五日の、「第2回絵解きフェスティバルin長野」における小林玲子氏の『善光寺如来絵伝』絵解きは、まさに絶えようとしている絵解きの伝統を、後世に伝えていくために、重要な意義を持つものなのである。

※小稿は、以下の拙稿などをもとに、新たに構成したものである。小稿の性格上、註はすべて省略したので、詳しい参考文献については、これらを参照されたい。

「八百津善恵寺の『善光寺如来絵伝』絵解き」（『絵解き研究』第一号　一九八三・四）
「善光寺如来絵詞伝」（伝承文学資料集第一一輯『絵解き台本集』　三弥井書店　一九八三・一一）
「〈翻刻〉岡崎市満性寺蔵『善光寺如来伝私考』」（『絵解き研究』第二号　一九八四・九）
「今井祐成師の『善光寺如来絵伝』絵解き」（『絵解き研究』第四号　一九八六・六）
「近世寺院史料叢書5『甲斐善光寺文書』」（東洋文化出版　一九八六・一二）
『真宗重宝聚英』第三巻「阿弥陀仏絵像・阿弥陀仏木像・善光寺如来絵伝」（同朋舎出版　一九八九・二）
「岡崎市満性寺蔵『善光寺如来伝』」（『絵解き　資料と研究』　三弥井書店　一九八九・七）
「甲府市善光寺蔵『善光寺如来絵伝』考」（『甲府市史研究』第八号　一九九〇・一〇）
「善光寺如来絵伝の絵解き」（『絵解き万華鏡　聖と俗のイマジネーション』　三一書房　一九九三・五）
「高田山専修寺の『善光寺如来絵伝』と絵解き」（『国文学　解釈と鑑賞』第六三巻八号　一九九八・八）
「豊前善光寺蔵『善光寺如来絵伝』考」（『早稲田大学大学院文学研究科紀要』第四四輯第一分冊　一九九九・二）

【善光寺如来絵伝】

作…小林一郎・小林玲子
口演…小林玲子

1

それではこれから信濃の国、善光寺のいわれをお話いたします。

ある日のことでございます。お釈迦様はビシャリ国の菴羅樹園《アンラジュエン》にある大林精舎《しょうじゃ》においでになり、千二百人もの僧とご一緒でございました。また菩薩は二万人、外界の人間はもとより天人達も多く集まり、皆供養の花を捧げ持ち、喜びの涙を流して、お釈迦様のお話に聞き入っているのでございます。今から三千年も昔の天竺、今のインドのお話でございます。

2

さてこのビシャリ国には、一人の長者がおりました。名を月蓋《がっかい》と申し、その富は言葉では言い尽くせない程なのでございます。金銀宝石でできた御殿に住み、何億もの蔵を持ち、数千人の召使いを昼夜に渡って仕えさせ、誰からも羨ましがられて暮らしておりました。

けれどもこの月蓋には子どもがなく、ただそれを嘆いておりましたが、五十一歳の時に娘が授かり、名を如是《にょぜ》姫《ひめ》と命名いたしました。長者夫婦はこの姫をたいそう可愛がりますが、娘のことばかりに一所懸命になりまして、仏様を敬わず、しだいに欲の深い思いやりのない人間になってしまったのでございます。

3

お釈迦様はこの月蓋を教え導かれようと、お弟子達をお遣わしになられますが、少しも効き目がありません。そこで哀れに思われたお釈迦様は、御自身が長者の屋敷の門の前に立たれたのでございます。それを拝見しまして月蓋は、白いガラスの鉢に清らかで新鮮な白米を盛りまして差し上げようとしますが、その米が宝玉のように思えまして惜しくなり、そのまま屋敷の中へと入ってしまったのです。この長者の欲の深さにはお釈迦様もどうしようもなく、つらい気持ちで大林精舎にお帰りになったのでございます。

4

さて、その途中のことでございます。一人の女が道端で米を研いでおりました。その女は、お釈迦様のご一行を拝見すると申し上げました。「お釈迦様は大変お疲れのご様子です。どうぞこの米の研ぎ汁をお受けください」お釈迦様はその女の気持ちに大変感謝なさり、鉢を出してその米の研ぎ汁をお受けになり、三口お飲みになられたのでございます。そしてお手を伸ばして女の頭をなで、「おまえは今の命が終わったならば、来世には都率《とそつ》天の内院に生まれるであろう」と、仰せになりました。

5

お釈迦様は、その米の研ぎ汁の残りを大林精舎にお持ち帰りになり、大勢のお弟子達にお授けになりましたところ、その水は一向になくならなかったのでございます。お釈迦様は、その女の純粋な気持ちから起きた偉大な行いを、後の世に伝えるために、大林精舎の入口に立つ退凡の卒塔婆《そとば》の石塔の下に、この善行を刻まれたのでございます。

6

それにしましても、月蓋長者とそれに従う者達は、仏様を敬わず、勝手気ままにふるまい、不善な行いを繰り返しておりましたので、病気をはやらせる疫病神達が、ビシャリ国に乱入しようと相談をいたしました。

7

その疫病神達の乱入によりまして、ビシャリ国の人々はもちろん、牛や馬の家畜までもが命を失ったのでございます。家族を失って嘆き悲しむ者の数は後を絶たず、野や山や道端に死体は散乱しております。

8

その疫病神達は、「月蓋長者の日頃の悪行の原因も、娘を溺愛《できあい》しているからだ。その娘を苦しめることこそが最も適当だ」と、相談をいたしまして、長者が可愛がっております娘、如是姫にも取り付いたのでございます。姫は病の床でもだえ苦しんでおります。

長者は、天下に広く名の知れ渡った、名医の耆婆《ぎば》に診てもらいますが、疫病神のなせること、耆婆とても手の施しようもありません。

9

そこで今度は大勢の行者達を招いて、加持祈禱《かじきとう》にすがろうといたします。娘が秘蔵しておりました、宝石をちりばめたあらん限りの調度品を山のように積み上げて、その一つ残らずに火を付けてお祈りするのですが、少しも効き目がありません。姫の病いは昨日よりも今日、朝よりも夕べと、次第に悪くなっていくばかりでございます。

10

さすがの月蓋長者も、一族の長者達の度重なる忠告に従いまして、お釈迦様におすがりしようと大林精舎に向かったのでございます。

寺に着きました月蓋は、下乗の石塔の立つ橋のたもとで車を降りて歩いて上ってまいりますと、お釈迦様の神通力によってお弟子達の会話が聞こえてきます。「おい、あそこへ来るのは誰だ」「あれは欲の深いことで有名な、長者月蓋だ」月蓋長者はそれを聞き、全身から冷や汗が流れ、後悔の思いでいっぱいです。

11

お釈迦様の御前に参上した月蓋は、涙ながらに手を合わせ、お釈迦様に申し上げたのでございます。「ああ、お釈迦様、どうか私の娘の病と国中の者達の苦しみをお救いください。哀れと思し召して、どうかお聞き届けください」

嘆き悲しむ月蓋長者の話を聞かれたお釈迦様は仰せになられます。「娘を救う、たった一つの方法がある。よく聞いて、私の教えに従いなさい。この国から西の方には十万億もの仏の住む国がある。それを過ぎた所に一つの国があり、極楽国と申す。その国には仏様がいらっしゃり、名を阿弥陀如来様と申し上げる。その仏様は観音、勢至のお弟子を従えて、今その国で教えを説いていらっしゃるのだ。おまえは今までの罪を悔い改め、西に向かって南無阿弥陀仏を唱え、その阿弥陀、観音、勢至の三尊をお迎えしなさい。そうすれば娘の病も、国中の人々の病も、ことごとく全快するであろう」

月蓋長者はそれを聞き、大変喜び力づけられて、お釈迦様を拝んだのでございます。

12

屋敷に戻った月蓋は、清らかで汚れのない心を尽くして、西に向かって香と花と灯明《とうみょう》を供え、極楽の阿弥陀、観音、勢至の三尊に南無阿弥陀仏と称えたのでございます。

13

すると極楽の阿弥陀如来様は、観音、勢至のお弟子を従えて、六十万億那由他《なゆた》恒河沙《ごうがしゃ》由旬《ゆじゅん》という巨大なお体を、たった一尺五寸のお姿にしまして、左のお手には刀剣の印、右のお手には施無畏《せむい》の印を結ばれまして、一瞬の間に長者の屋敷にご出現になられました。

14

如来様はすぐさま十二種の大光明を放たれて、ビシャリ国中を照らされましたので、辺りはまるで黄金のように輝き、疫病神達は皆神通力を失って散り散りばらばらになり、消え失せてしまいました。如来様は大光明の中から呪文を唱えられ、観音、勢至の二菩薩は如来様の左右に立たれて般若梵篋《はんにゃぼんきょう》の印を結び、その手のひらの中には真珠の薬箱をささげ持ち、その薬を柳の枝に浸して振りまかれますと、不思議なことに、その露は雨や霧のようになって国中の病人達に降り注ぎ、病人達はことごとく全快したのでございます。

その時すでに息絶えていた如是姫も、如来様の光に照らされて生き返り、その他野や山や道端に捨てられた人々まで、皆生き返ったのでございます。

月蓋長者を初め国中の人々は、皆感動の涙を流し、信仰の思いを深く心に誓ったのでございます。

15

月蓋長者は信仰の思いに耐えられず、再びお釈迦様の御前に参上して申し上げました。「この阿弥陀、観音、勢至の三尊のお姿をお写ししてこの世にお残しし、私の屋敷にお迎えして厚いご恩に報いたいと思います。どうぞ私の願いをお聞き届きください」

それをお聞きになったお釈迦様は、「その願いは誠に感心だ。それならば龍宮城にあるという閻浮檀金《えんぶだごん》という黄金を使って、そのお姿をこの世にお残しするように」と、仰せになられます。

16

お釈迦様は、この世ではない龍宮城にあるという閻浮檀金を手に入れるために、お弟子の中でも神通力第一の目連尊者を龍宮城にお遣わしになられます。

17

龍宮の龍王は最初この黄金を差し上げるのを断りますが、目連尊者の道理を通した話を聞き、龍宮第一の宝物である閻浮檀金、三千七百両を献上したのでございます。

18

その黄金を鉢に盛り、台の上に置いて、極楽の阿弥陀、観音、勢至の三尊をお迎えしたのでございます。三尊はすぐさま光を放ってその黄金を照らされ、お釈迦様もまた光を放たれましたので、その黄金はたちまち溶けて軟らかになりました。その時お釈迦様は座禅をして無念無想の境にお入りになられ、すべて修行の結果を現わされました。そして座禅をやめて、その黄金に向かって印を結ばれますと、不思議なことにその黄金は、たちまち阿弥陀三尊のお姿そのままになったのでございます。

しばらくして本当の仏様が新しい仏様の所に歩み寄って、三度頭をなでられますと、新しい仏様もまた本仏に三度頭を下げられ、この二つの仏様はそろって空に飛び上がられ、空中に立たれたのでございます。まさにこの新しい仏様も生きている仏様でございました。

19

月蓋長者はこの新しい仏様をお迎えして、金銀七宝をちりばめた大伽藍《がらん》を建立し、五百人もの僧を抱えて絶えることなく念仏を唱え、大切に供養をして差し上げました。そしてお釈迦様の深いお恵みに感謝をし、ビシャリ国の人々は皆、大林精舎に参詣をして仏教を信仰したのでございます。

こうして月日は流れ、月蓋長者は年老いて病の床に就きました。臨終が間近に迫った時、長者は阿弥陀様の御前に参上して申し上げました。「私が亡くなりました後も魂だけはこの国に止まり、同じ名、同じ体のまま如来様にお仕えをして厚いご恩に報いたいと思います。どうぞ私の願いをお聞き届けください」

その後如来様のお力によりまして、長者は亡くなりました後に、すぐまた人間として生まれ変わり、長者の後を相続し、同じ名と同じ体のまま七代続いて長者となり、五百年もの栄華を楽しんだのでございます。

20

所は変わって、ここは朝鮮半島の百済《くだら》という国でございます。この百済の聖明王《せいめいおう》が月蓋長者の生まれ変わりでございました。けれども人間の悲しさで、聖明王は自分の前世など知る由もありません。王者の栄華に明け暮れておりました。

そこで如来様は空を飛んで宮殿の屋根にとどまられ、王にお告げになりました。「聖明王、お前は今の世に生まれる前天竺で月蓋長者と申し、私を極楽から招いたのだ。その月蓋長者の願いによって、お前は今この国の王となっている。だが仏様を信仰することを忘れ、悪い報いを招くことばかりを繰り返している。私はお前を教え導くために、今こうしてここにやってきたのだ」如来様のお告げを聞いた聖明王は、たちまち前世でのことが甦り、信仰の心が起きて感激の涙を流したのでございます。

21

聖明王は早速宮殿の一部を整備して仏間とし、如来様をお迎えしました。その後清浄な土地を選び、立派な伽藍を建立し、昼夜の別なくお勤めを怠らず、大切に供養して差し上げました。

その後聖明王崩御の後も、代々の国王は皆如来様を信仰されましたので、霊験は日ごとにあらたかで人々をお救いになり、極楽浄土に往生した人は何千万人とも知れません。こうして百済の人々を教え導かれ、やがて千百十二年という長い長い年月が流れたのでございます。

九代目推明王《すいめいおう》の時でございます。如来様はお告げになられました。「私はこの国の人々を救い終わった。これからは海を渡って日本国へ行き、そこで人々を救いたい」

22

王をはじめ妃や国中の者たちは嘆き悲しみますが、如来様のお告げとあらば仕方ありません。日本へとお送りする船を用意したのでございます。千人もの僧達が、如来様を輿《こし》に乗せて港へとお送りしました。そして国王をはじめ国中の者達が、如来様とのお別れを嘆き悲しんだのでございます。

23

如来様をお乗せした船が、港を離れた時のことです。王の妃は突然、「私たちは女であるために成仏できない身でございますのに、今如来様とお別れしては、どうやって極楽往生を願ったらよろしいのでしょうか」と、船にすがり付きましたが、そのまま波間に消えて大往生を遂げたのです。そこに居合わせた女官達も、次々と念仏を唱えて海に飛び込みました。

するとその時、海上には紫の雲がたなびき、なんとも言えない良い香りが辺りに漂い、音楽が響き渡って、極楽の阿弥陀様や菩薩達がご出現になり、妃達を極楽に導いてくださったのでございます。

24

その後船は波をかき分け飛ぶように進み、無事に日本の摂州難波津《なにわづ》、今の大阪に到着しました。時は欽明《きんめい》天皇の御代十三年、これが日本への仏教の伝来でございました。

25

百済からの使者と二人の僧は、如来様を輿に乗せて宮殿へと向かいました。そして推明王からの書簡を差し出し、仏像を献上する旨を欽明天皇に申し上げたのでございます。

26

欽明天皇は早速群臣達をお集めになって、「百済からの仏像と経典を我が国に受け入れるべきであろうか、どうしようか」と、ご相談になりました。群臣達の多くは反対しましたが、蘇我稲目《そがのいなめ》だけは賛成をしましたので、天皇は稲目に仏像をお与えになり、稲目は百済からの僧の教えを受けて、大切に供養して差し上げました。その後、世の中も穏やかになり、十九年の歳月が流れました。

けれども国中に熱病がはやりはじめました。天皇は群臣達をお集めになってご相談になりますが、その中の一人物部遠許志《もののべのおこし》が申し上げました。「この熱病の流行は、異国からの怪しげな仏像を尊び敬っているからでございます」天皇をはじめ、他の群臣達も一斉にこの意見に賛成をしましたので、恐れ多いことに生身《しょうじん》の如来様を壊して捨てる相談がまとまったのでございます。

27

遠許志の指図で庭に大きな炉を造り、如来様をその中に投げ込んだのでございます。数十名の者達が入れ替わり立ち代わり風を送り、七日七晩燃やし続けたのでございますが、如来様のお姿には少しも変わりございません。猛火の中から光を放っていらっしゃいます。怒った遠許志は、如来様を難波の堀江に投げ捨ててしまいます。

28

すると空にひとかたまりの黒雲がかかったかと思いますと、瞬く間に宮殿の上空を覆いましたので、辺りはまるで闇夜のようになってしまいました。その黒雲の中から鬼が現れて大声で申します。「如来様を捨てた罪は誠に重い。近く必ずその報いがあるであろう。来年には天皇の命はもらった。そして遠許志は熱病にかかって苦しんだ後に、無間地獄《むげん》へ堕ちるであろう」そして口から激しく炎を吹き出しましたので、宮殿ばかりか武士や官人たちの屋敷までもが、一瞬にして煙となってしまいました。

29　こうして鬼の申しました通り、翌年天皇はお隠れになり、遠許志は熱病にかかって病の床に就いたのでございます。そして七日七晩苦しんだ後に、無間地獄へと落ちたのでございます。

30　次の天皇、敏達《びだつ》天皇は難波の堀江から如来様を宮中にお迎えして、大切に供養して差し上げました。

31　けれども物部遠許志の子の守屋《もりや》は再び、「あの仏像は神国である我が国にとっても、また私にとっても敵だ」として再び仏像を自宅に持ち帰り、大勢の人夫達を使って斧やまさかりで打ち砕かせたのでございます。けれどもやはり、如来様のお体には少しも傷つくことがありません。

32　怒った守屋は以前にもまして大きな炉を造り、如来様をその中へ投げ込みます。けれどもやはり如来様のお姿には変わりがありません。

33　そこで守屋は仏像を守っていた僧達を捕えて乱暴し、法衣をはぎ取り経典を奪い取ってしまいます。

34　そしてその経典と共に仏像を、難波の堀江に投げ入れたのでございます。

35　すると再び空には黒雲がかかり、鬼が現れて申します。「天皇の命はもらった。そして国には戦乱が起こり、守屋はその時殺されるであろう」やはり口から激しく炎を吹き出しましたので、美しい宮殿は一瞬にして焼け野原となってしまいました。

36

こうして守屋はしだいに奢《おご》り高ぶり、悪事の数々を尽しておりましたが、ある時聖徳太子と蘇我稲目の子の馬子《うまこ》を殺そうと、一族の者が集まって謀をめぐらしておりました。

37

それをお知りになった聖徳太子は、家臣の跡見市《あとみのいち》尾《び》と秦川勝《はたのかわかつ》を大将にしまして、合戦の火ぶたを切られたのでございます。太子御年十六歳の秋のことでございました。

38

最初の戦いでは守屋の軍勢が優勢で、太子はたった一騎となってお逃げになりますが、その時道端にあった椋《むく》の木が二つに裂け、太子をお隠ししてお助けしたのでございます。太子はその椋の木に、「神妙椋の大臣《おとど》」という名をお与えになりました。

39

その後太子は、戦いに勝ちました後は、四天王寺を建立するという誓いを立てられます。その太子のお心が通じまして、四天王は空を飛んで全世界の神仏に「太子をお守りください」と触れて回られましたので、神仏達は驚いてこぞってお出ましになられたのでございます。極楽の阿弥陀如来、観音菩薩、勢至菩薩、その他の菩薩をはじめとして、十二神将、その配下の七千夜叉、千手観音、その配下の二十八部衆などがそれぞれ無数の部下を引き連れて太子をお守りいたしました。そればかりか日本の神々、熊野権現、天照大神、住吉明神、鹿島明神、諏訪明神などもそれぞれの配下を伴って参加をし、中でも八幡大菩薩は先陣の旗頭として前に進み出ていらっしゃいます。

40
一方守屋の氏神は荷都本《ふともと》の明神でございます。太子を目がけて矢を射ますが、八幡大菩薩が旗をかざして太子をお守りいたします。

41
そこで太子は跡見市尾に矢をお与えになり、市尾はその矢で守屋を討ったのでございます。

42
秦川勝が首を取り、太子にお目にかけました。太子はそれを御覧になって、堪え忍んでおられる目から哀れみの涙を流されたのでございます。

43
こうして戦いは終わり、神仏達は皆喜びの声と共に雲の彼方へ飛び去られたのでございます。

44
太子は四天王寺を建立されますが、そのお堂の柱に守屋の首を納められたのでございます。

45
その後太子は家臣を連れて黒駒に乗り、難波の堀江へとお出かけになられます。香と花を供えて礼拝されますと、水底から光が輝き、如来様がご出現になられます。太子は「どうぞ昔のように宮中にお戻りください」と申し上げますが、如来様は「私は待つべき人があるので、しばらくここに留まりたい」と仰せになり、そのまま光を放ちながら水底へと沈んでしまわれたのでございます。それを見聞した者達は皆ありがたく思い、信仰の思いを新たにしたのでございます。

46

所は変わって、ここは信濃の国伊那《いな》の郡《こおり》麻績《おみ》の里でございます。ここにおります本田善光《よしみつ》と申す者、大変貧しい身の上でございましたが、ある時国司のお供で都へ上ることになりました。善光は息子の善佐《よしすけ》を伴って出発いたします。

47

やがて三年の歳月が流れ、国司は無事に任務を終えて国元へ帰ることになりました。

国司に都見物の許しを得た善光は、後から帰ることになり、有名な難波の堀江の端を通りかかりました。すると水底から光が見えましたので、急いで走り過ぎようといたしました。けれどもその光る物は善光の背後を照らし、何か背中に抱きついて来たようでございます。善光は水神の仕業であろうと思い、手で払いのけようといたしました。

けれどもその時、背中から例えようもなく厳かな声がしたのでございます。「善光、恐れることはない」それは、あの難波の堀江に沈められた如来様でございました。如来様は善光にお告げになられます。「昔おまえは天竺で月蓋長者と名乗り、私を極楽から招いたのだ。その後おまえは百済の聖明王と名乗ったので、私もその国へ行き、そこで祀られた。今おまえは日本に生まれて本田善光と名乗っておる。私はおまえを尋ねてここへ来て、長い間待っていたのだ。これからおまえに従って東国へ下り、悪の道に落ちた人々を救いたい」

初めてお聞きする如来様のお告げに、善光は喜びの涙を流したのでございます。そしてそのまま如来様を背負って信濃の国へと下りました。途中険しい山道や荒れた海川を通りましたが、善光が疲れると、夜は如来様が善光を背負い、遠い道のりも如来様のご配慮で日が経つのも知らないうちに、信濃の国へと帰ったのでございます。

48

わが家に帰った善光は貧しい身ゆえに適当な場所もなく、臼《うす》の上に如来様を置き、朝に夕に一心にお参りをして大切に供養をして差し上げました。

その後月日は流れ、如来様はお告げになられます。「私を水内郡《みのちのこおり》芋井《いもい》の郷《さと》に移すように。これから私はその地にご縁があるのだ」と。そのお告げに従って善光は如来様をお移しいたします。

49

その翌年のことでございます。善光の子、善佐は病気になった訳でもないのに眠るように息を引き取り、木の葉が散るようにこの世を去ってしまいます。父母は善佐にすがりついて嘆き悲しんでおります。善光は如来様におすがりして、善佐の命をお救いくださるようにお願いしたのでございます。

50

善光の願いを聞かれた如来様は、この世界の下、五百由旬の所にあるという地獄に落ちた善佐を救うために閻魔大王の宮殿にお入りになられます。すると宮殿の上空には紫の雲がたなびき、如来様が光を放たれますと、大勢の罪人たちはその苦しみから解放され、死後の世界はまるで浄土のようになってしまいました。如来様の心を尽くしたお申し出によりまして、閻魔大王は善佐をこの世に帰すことにいたします。

51

如来様のお導きで善佐がこの世に帰る途中のことでございます。上品で美しい女が、鬼に引っ立てられてくるのに善佐は出会います。その女はたいそう疲れている様子で、立ち止まろうとしますと、鬼が大声で追い立てるのでございます。その声は天に響き、地にこだまして、まるで雷鳴のようでございます。

その女は善佐の姿を見ると懐かしそうに近寄ってきて、「どなたか存じませぬが、良い行いによって娑婆《しゃば》に帰られるのでございますか。どうぞ歌を一首取り次いでください」と申します。そして涙ながらに、「わくらばに問う人あらば暗き道を泣く泣くひとり行くと答えよ」と詠んだのです。善佐が「お歌は承知いたしました。ところであなたはどなたで、このお歌をどなたに取り次げばよろしいのですか」と尋ねますと、その女は「私は日本の君主皇極《こうぎょく》天皇です」と答えたのです。

善佐は大変驚き、「自分が生き返って父母二人が喜ぶことと、天皇が生き返られて国中の者が喜ぶことを比べたら比較にならない」と考え、如来様に申し上げました。「どうか如来様のお力で、私の命と引き替えに、天皇の命をお救いください。天皇が地獄に落ちて受けられる罪の償いの苦しみは、この私がお受けいたします」如来様はこの善佐の願いを大変おほめになり、再び閻魔大王に申し入れて、天皇と善佐の二人ともの命を生き返らせてくださったのでございます。

52

この世に戻られた皇極天皇は、早速善光、善佐親子を宮中にお召しになられます。天皇は二人に公家の礼服を着ることを許可され、二人はたちまち衣冠の姿となり、殿上人の一員となったのでございます。

天皇は善佐に仰せになられます。「もしそなたにめぐり合わず、そなたの助けがなかったならば、私は地獄でさまざまな苦しみを受け、惨めな身となっていたことでしょう。それを思うと、そなたへの恩は例えるものもありません。どんな望みでも申しなさい。たとえそれが天皇の地位であろうとも、そなたの望みとあらば譲りましょう」善佐は謹んで申し上げました。「大変恐れ多いことではございますが、私は天皇の地位など少しも欲しくありません。私の願いはただ一つ、故郷に如来様の御堂を建て、僧を抱えて絶えることなく念仏を唱え、それが後世まで途絶えることがないようにしたいのでございます。それ以外の望みは全くありません」天皇は、「けなげな望みである。善佐には信濃の国を与え、善光には甲斐の国を与える。一層如来を尊敬して礼拝し、供養は思いのままにせよ」と仰せになられたのでございます。

53

天皇は善光、善佐親子にたくさんの引き出物をお与えになり、親子は国元から上ってきた時とは打って変わってお国入りの儀式を設け、騎馬の従者を従えて、めでたく信濃の国へと帰ったのでございます。

54

やがて皇極天皇の命により立派なお寺が建立され、本田善光の名をとって「善光寺」と名付けられたのでございます。

天竺、百済、日本と語り継いで参りました壮大なロマンのお話、以上で終わらせていただきます。

【善光寺如来絵伝】

―善光寺如来さま御自身が語る善光寺のいわれ―

作…小林雄次・小林玲子

監修…小林一郎

口演…小林玲子

甲斐・善光寺蔵「善光寺如来絵伝」第一幅

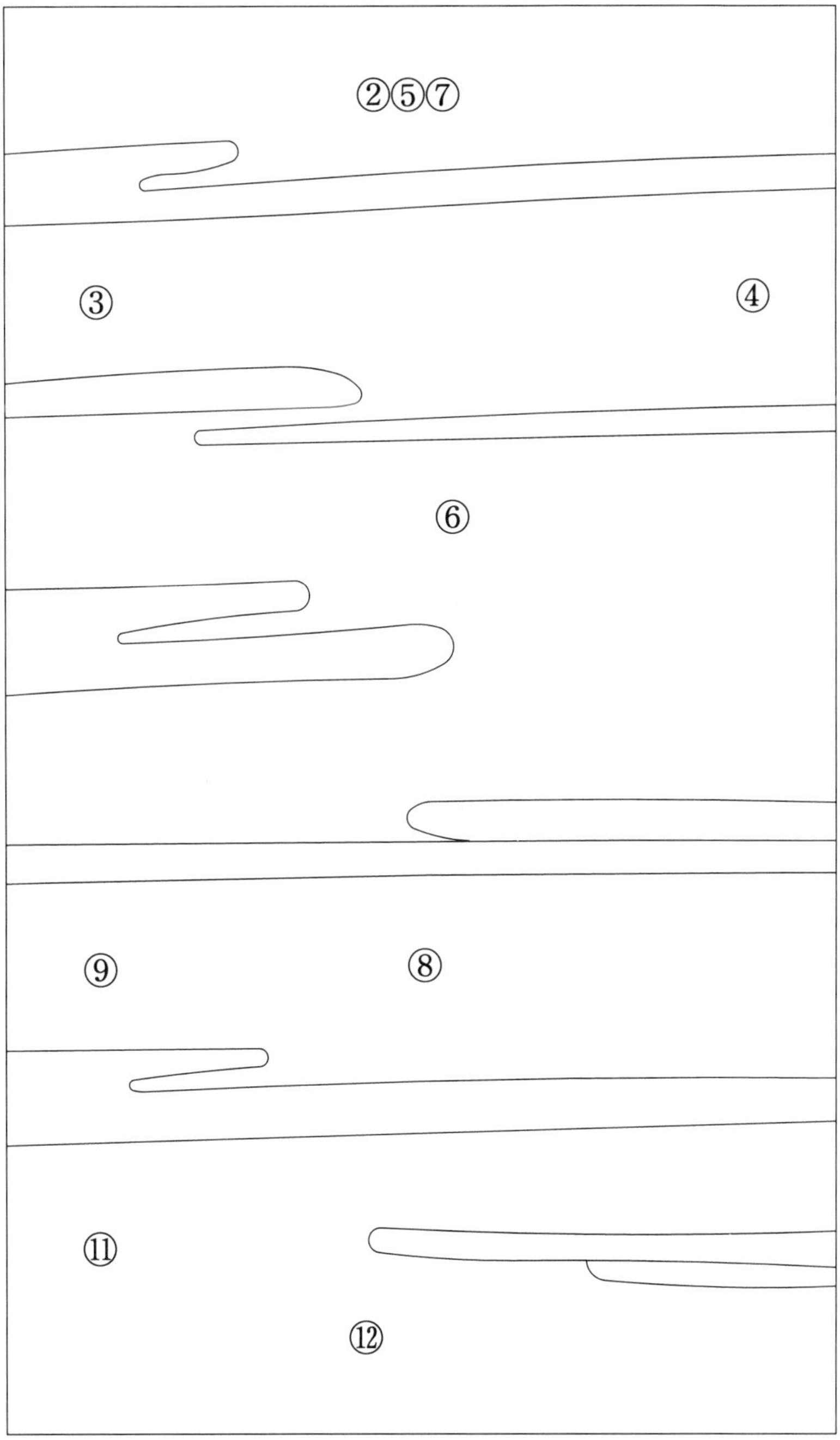

「善光寺如来絵伝」第一幅概略図

甲斐・善光寺蔵「善光寺如来絵伝」第二幅

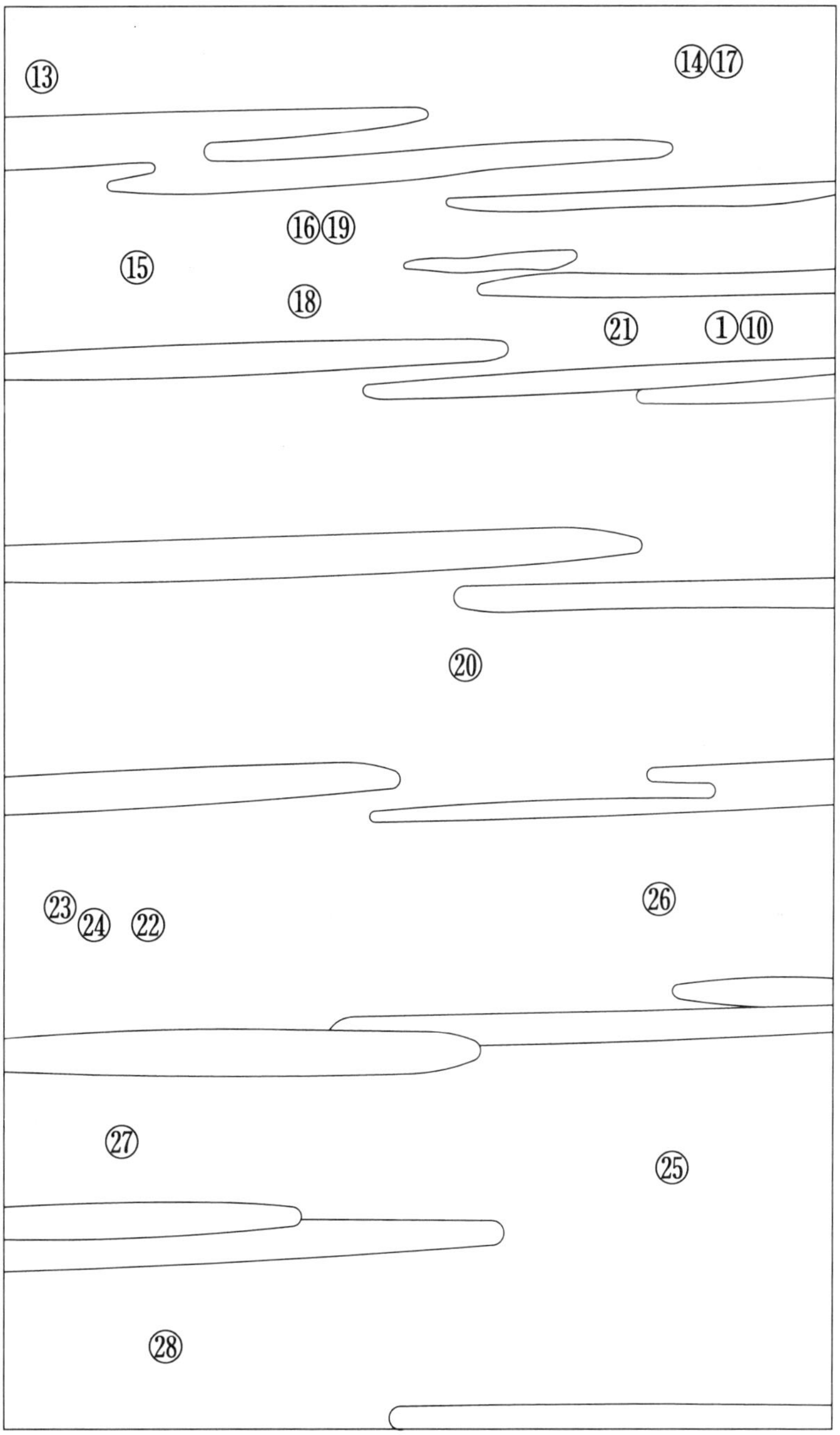

「善光寺如来絵伝」第二幅概略図

それでは、これから信州信濃の善光寺のいわれをお話いたしましょう。善光寺のご本尊は、一光三尊の阿弥陀如来さまでございます。一つの光背の中に、中央に阿弥陀如来さま、向かって右にお弟子の観音菩薩さま、左にやはりお弟子の勢至菩薩さまがおいでになります。そしてこの仏さまは、生きていらっしゃる仏さまなのです。その仏さまが、どうして善光寺においでになったのかを、私が如来さまになりかわってお話いたしましょう。そのお話の始まりは、今から千四百年も昔に遡ります。

1

私は難波の堀江の冷たい水の底で、ある人が来るのをじっと待っておりました。すると、その男がついに通りかかったのです。私はすぐにその男の背中に飛び付きました。その男は、驚いて私を振り落とそうといたしました。「お前は信濃の国、伊那の郡麻績《こおりおみ》の里の、本田善光《よしみつ》だな。恐れることはない。私はお前を尋ねてここへ来て、長い間待っていたのだ。これからお前と一緒に東国へ下り、悪の道に落ちた人々を救いたい」
驚く善光に、私はこれまでのことを告げたのでした。

2

「お前は前世で、天竺のビシャリ国の月蓋《がっかい》長者という男だった。今から遡ること千六百年ほど昔、大林精舎《だいりんしょうじゃ》というお寺でお釈迦さまが教えを広めておいでになった頃のことだ。

3

ところが月蓋長者は、せっかくお釈迦様が托鉢においでになっても、お米を差し上げるのも惜しくなるほど、信仰の心を持たない欲の深い男であった。

4

そののち、ビシャリ国には、悪い鬼どもの計らいで病気が流行した。鬼どもは月蓋の一人娘、如是姫《にょぜひめ》にも取り付いたので、姫は病の床でもだえ苦しんでいた。

5

信仰心のなかった月蓋も、とうとうお釈迦さまにおすがりしようと大林精舎へやって来た。お釈迦さまの御前に参上した月蓋は涙ながらに申し上げた。『どうぞ私の娘の病と、国中の者たちの苦しみをお救いください』その時、お釈迦さまは仰せになった。『娘を救うたった一つの方法がある。ここから西の方《かた》十万億土の彼方《かなた》に、極楽という世界がある。その極楽においでになる阿弥陀如来に祈りなさい。そうすればお前の娘や国中の者たちは救われるであろう』

6

屋敷に戻った月蓋が、お釈迦さまのお教えに従って西に向かって祈ったので、極楽の阿弥陀さまは西の門の上に姿を現されたのだ。阿弥陀さまの発する光によって、如是姫をはじめ国中の病人たちは、たちまち全快したのであった。

7

月蓋長者は感激して、再びお釈迦さまの御前に参上し、阿弥陀さまのお姿をこの世に留めたいとお願いした。

8

そこでお釈迦さまは龍宮城から閻浮檀金《えんぶだごん》という黄金を取り寄せて、阿弥陀さまと力を合わせて私をお作りになったのだ。こうして生まれた私は、極楽の阿弥陀さまと身も心も同じ分身なのだ。

9

その後月蓋長者は私を大切に供養して、一生を終えたのであった」

10 こうして私の言葉を聞いた善光は、喜びの涙を流し、手を合わせて一心に祈りました。続けて私は、朝鮮半島の百済《くだら》へ渡ったことを善光に告げました。

11 「天竺の月蓋長者であったお前は、生まれ変わって百済の聖明王《せいめいおう》となった。しかしやはり信仰の心を持たなかったので、私も百済へ渡り、聖明王に月蓋長者の生まれ変わりであると教えた。すると聖明王はたちまち信仰に目覚め、再び私を大切に祀ったのだった。

12 それから月日が経ち、推明王の時代に、私は日本に渡りたいと告げ、輿《こし》に乗って港へと向かった。

13 その後、船は日本の摂州難波《なにわ》の浦に到着した。時は欽明《きんめい》天皇の御代《みよ》十三年であった。

14 私は早速宮中へ招かれたが、多くの群臣たちは私を迎えることに反対した。しかし、蘇我稲目《そがのいなめ》だけは賛成したので、私は稲目に大切にまつられた。

15 ところが、その後、国中に熱病が蔓延したので、蘇我氏を憎んでいた物部尾輿《もののべのおこし》は、「これは、仏という異国の神を信仰していることを日本の神々が怒っておられるのだ」と言って、私を炉に投げ込んで溶かしてしまおうとした。

16
でも私がいっこうに平気なのを見て、尾輿は難波の堀江に私を投げ込んでしまった。

17
だが次の敏達《びだつ》天皇は、難波の堀江から、私を再び宮中に迎えた。

18
ところが、物部尾輿の子で、守屋《もりや》という男が、槌を使って私を打ち砕かせた。

19
でも、傷一つ付かないのを見ると、守屋は怒って再び私を難波の堀江に投げ込んだ。

20
この仏敵守屋を滅ぼしたのが聖徳太子であった。

21
勝利をおさめた聖徳太子は、難波の堀江の私のもとへ報告にやって来て私を招いた。しかし私は、善光、おまえが来るのを待っているため、ここに留まったのだ」

22
長い前世の話を聞いた善光は、私を背負って妻の待つ信濃の国へと帰りました。

23
善光は家に辿り着くと、私を臼の上に乗せて大切に供養してくれたのでした。
その後、私のお告げによって、善光は私を信濃の国、水内《みのち》の郡《こおり》、芋井の郷に移しました。

24 その翌年のこと、善光の子、善佐《よしすけ》は、両親に先立ってこの世を去りました。

25 悲しむ善光の願いを受けて、私は地獄に落ちた善佐を救うために、閻魔大王の宮殿に出向きました。私の願いを聞いた閻魔大王は、善佐を生き返らせてくれたのです。

26 善佐が私と共に娑婆《しゃば》に帰る途中のことでした。地獄に落ちていく一人の上品で美しい女に出会いました。その女は善佐に歌を託しました。善佐が「あなたはどなたで、このお歌をどなたに届ければよろしいのですか。」と尋ねると、その女は「私は日本の君主、皇極《こうぎょく》天皇です」と答えたのです。善佐は大変驚き、「自分が生き返って父母二人が喜ぶことと、天皇が生き返られて国中の者が喜ぶことを比べたら比較にならない」と考え、私に天皇の命を救ってほしいと頼みました。私は再び閻魔大王に申し入れて、天皇と善佐、二人ともの命を救ったのです。

27 この世に生き返った皇極天皇は、本田善光と善佐親子を宮中にお召しになりました。天皇は善佐に仰せになりました。「もしそなたに巡り合わず、そなたの助けがなかったならば、私は地獄で様々な苦しみを受け、惨めな身となっていたことでしょう。そなたへの恩はたとえるものもありません。どんな望みでも申しなさい。たとえそれが天皇の地位であろうとも、そなたの望みとあらば譲りましょう」

そこで善佐は、謹んで申し上げました。「大変恐れ多いことではございますが、私は天皇の地位など少しも欲しくはありません。あの世では天皇といっても、お供をする者は一人もございませんでした。私の願いはただ一つ、故郷に如来さまの御堂を建立し、僧を抱えて絶えることなく念仏を唱え、それが後世まで絶えることのないようにしたいのです。その他の望みは全くございません」

28

天皇はこれをお聞きになって、「けなげな望みである。善佐には信濃の国を与え、善光には甲斐の国を与える。いっそう如来を尊敬して礼拝し、供養は思いのままにせよ」と仰せになりました。

29

その後、善光・善佐親子は、たくさんの引き出物をいただき、信濃の国へとめでたく帰って来たのでした。

こうして、皇極天皇の命により、立派なお寺が建立され、本田善光の名をとって、善光寺と命名されました。そして今、私は、本田善光と妻弥生、息子の善佐とともに、本堂にまつられているのです。

善光寺如来さまが語る善光寺のいわれ、以上で終わらせていただきます。

あとがき

絵解きの実演や絵解き研究に対する関心が高揚してきた昭和五十五年（一九八〇）十月十九日、東京・神田の学士会館本館の一室で第一回例会を開き、その産声を発した絵解き研究会は、今年二十年目を迎えようとしている。昭和五十八年四月には、会誌「絵解き研究」を創刊、必ずしも年一回ではないが、昨年六月に十五号を刊行した。又、研究例会も今年一月で八十九回目を数えた。その間、研究会解散の危機もなかったわけではない。発会当時十二名に過ぎなかった会員は、現在百四十名にまでなり、相応の役割を荷《にな》うようになってきたのである。

さて、説話文学会事務局を担当していた平成五年（一九九三）一月、創立三十周年を迎えたので、それを記念して六月二十六日（土）東京都江東区の深川江戸資料館小劇場において昼夜二公演の「えときの世界」を企画・実施したが、仏教文学会支部・坂野比呂志大道芸塾と共に、絵解き研究会も共催団体の一つとして参加した（もっとも実際には、絵解き研究会と坂野比呂志大道芸塾とが中心となって開催した）。この時が、絵解き研究会として一般の人々を対象とした実演の最初である。絵解きだけに限定せず、その周辺の芸能も取りあげるのがよかろうということで、絵解きの他に、覗きからくり・パノラマ地獄極楽・バナちゃん節も演ずることとなったのであった。

思えば、梅雨の晴間の六月十二日、会場の実見と最終チェックを行なったあと、経費節約のためにコンビニエンス・ストアで買った弁当を付近の清澄庭園内でほうばりながら、スタッフ会議を開いた。前日のリハーサル後の深夜、ホテル前の路上で円座を組み、最後のスタッフ会議を催したのも、今となっては、懐しい思い出である。

公演当日、大道芸塾が実施したアンケートに、今後もこうした公演の企画を望む巷の声も少なくなかった。各自の心労は、推して知るべしであるが、正直言って報《むく》われたと思ったのが、偽らざる私の感想であった。多くの人々に絵解きを理解してもらおうと考え、プログラムに代わるべき書籍の刊行に思い至ったのである。しかし、当日間に合わなかったものの、漸く七月十五日、三一書房より『絵解き万華鏡　聖と俗とのイマジネーション』と題する、二百五十ページ余りの一書を刊行することが出来た。

四年後の平成九年（一九九七）七月二十五・六の両日、愛知県岡崎市にある真宗大谷派三河別院本堂、岡崎教務所大ホール及び岡崎市民会館（二十五日のみ）の三会場で、絵解き研究会主催・真宗大谷派三河別院共催による〝第一回絵解きフェスティバルin岡崎〟を実施した。三河別院が全面的に財政面を受け持って下さるとのことで、絵解き研究会は企画を担当することとなったのである。

一月二十一日夜、当時三河別院輪番だった大藤順宣師から突然、今夏岡崎で絵解きフェスティバルを実施したい旨の電話を頂いた。前年暮れから入退院をくり返し、手術を控えていた私は、別院との打合せ会を退院後の四月中旬に延期してもらうこととしたが、前記深川江戸資料館での開催と同じく、絵解き研究会会員にも多大な迷惑をかけつつも、やっとフェスティバル開催に漕ぎ着けたのである。

台風七号の東海地方接近で、フェスティバルの両日（二十五、六日）共に時折激しい雨に襲われたが、幸い多くの人々が来場下さり、大感激の二日間でもあった。俳優小沢昭一氏と私の講演の他、シンポジウム「あの世と結ぶ絵解き―地獄絵にみる死生観―」、そして、絵解き口演と節談説教・説経浄瑠璃が演じられたのであった。

フェスティバル二日目の終了後開かれた実行委員会の席上で、私から絵解き研究会主催〝第二回絵解きフェスティバル〟は、二年後以降に実施したい旨提案し、賛同を得た。会場地としては、長野、富山、東京、の三つの候補地が話題にあがった。

さて、平成十一年八月、恒例行事となった「かるかや縁日芸能鑑賞の夕べ」打ち上げの席で、フォーラム游代表・宮坂勝彦氏や長野郷土史研究会副会長の小林一郎・玲子御夫妻らと歓談中、来年は長野（北信）でフェスティバルを実施しようという話柄になり、以来毎月二回、私が泊まりがけで長野市へ出向き、その都度常任委員会を開催、来《きた》る平成十二年四月十五日（土）午後、北野文芸座を拝借して絵解き研究会主催のもと、実施することとなった。「〃語り紡ぐ絵解きのふるさと信濃—善光寺・石童丸の物語—」（口絵アルバム参照）と題して、私の講演と、三部仕立てで絵解き・紙芝居・説経節・落語・御詠歌と、まことにバラエティに富んだ構成となっており、些か自負するところである（併せて、ながの東急シェルシェでも、同時展覧会を開催する）。

ところで、今回は口演に合わせてプログラムを作成し、それとは別に、口演内容とほぼ一致する絵解き台本集をも世に送り出すこととしたのである。

きわめて短時日での編集作業ではあるが、あらたに多くの台本を書いて下さった小林一郎・玲子御夫妻と子息の雄次君、ユニークな「涅槃図」台本を作って下さった岡沢慶澄師、デビューを紙芝居で飾ることとなった竹澤環江さん、「善光寺如来絵伝」の解説を多忙にも関わらず、逸速くお書き下さった吉原浩人氏、それに快く既成台本の転載をお許し頂いた水野善朝師・日野多慶子さん、加えて、口演記録・台本の再録を快諾下さった竹澤繁子さんに、篤く御礼申し上げる。

又、多忙な中をパソコン入力と校正という編集作業に携わって下さった中西満義氏、同じくパソコン入力その他に労を厭わず尽力下さった山下哲郎氏、ワープロ化にお手伝い願った渡葉子さんにも、心から感謝申し上げたい。

そして、窮状を見るに忍びあえず、急遽校正を担当下さり、出張校正もお引き受け下さった渡浩一氏と高遠奈緒美さんにも、深く感謝申し上げる。

さらに、口絵写真を御提供下さったむれ歴史ふれあい館、信濃毎日新聞社、説話画所蔵の関係各位にも、衷心より御礼申し上げる。

此度も、私の無理なお願いを快捷にお聞き入れ頂いた笠間書院の池田つや子社長はじめ、橋本孝編集部長、大久保康雄編集部次長にも、感謝申し上げる。

なお、本書編集上の責任は、偏えに私にあることを明記すると共に、誤謬等については、御教示頂ければ、幸いである。

平成十二年三月三十日早晨

林　雅彦

執筆者・口演者一覧（掲載順）

林　雅彦（明治大学教授・絵解き研究会代表・仏教文学会副代表）
佐藤　正行（南部神楽狂言台本作者）※
竹澤　繁子（西光寺住職夫人）※
竹澤　環江（西光寺副住職夫人）
水野　善朝（往生寺住職）
小林　一郎（長野県立松代高等学校教諭・長野郷土史研究会副会長）※
小林　玲子（長野郷土史研究会幹事）
岡沢　慶澄（信濃長谷寺副住職）
日野多慶子（願法寺住職夫人）※
吉原　浩人（早稲田大学教授・甲府善光寺住職・全国善光寺会副会長）※
小林　雄次（日本大学芸術学部学生）

（※印は絵解き研究会会員）

編　者

林《はやし》　雅彦《まさひこ》（明治大学教授）

小林《こばやし》 一郎《いちろう》（長野県立松代高等学校教諭）

中西《なかにし》満義《みつよし》（上田女子短期大学助教授）

山下《やました》哲郎《てつろう》（明治大学兼任講師）

語《かた》り紡《つむ》ぐ　絵解《えと》きのふるさと・信濃《しなの》（台本集《だいほんしゅう》）

2000年4月15日　第 1 刷 発 行

2005年2月25日　改訂版第2刷発行

編　者　林　雅彦・小林一郎　中西満義・山下哲郎

発行者　池　田　つ　や　子

発行所　有限会社　笠間書院

〒101-0064 東京都千代田区猿楽町 2-2-5

☎ 03-3295-1331　FAX 3294-0996　振替 00110-1-56002

ISBN 4-305-70218-5　壮光舎